LES REQUINS
ET LES LOUPS

Aux Presses de la Cité :

Coups durs.
Étau sans pitié.
Exécution sommaire.
Manœuvres nocturnes.
Coplan tente sa chance.
Stoppez Coplan.
Trahison aux enchères.
Projet terreur.
Coplan brouille les cartes.
Casse-tête pour Coplan.
Les silences de Coplan.
Coplan mène la danse.
Coplan se révolte.
Coplan paie le cercueil.

Coplan fait peau neuve.
Coplan met le feu aux poudres.
Coplan fait ses comptes.
Coplan contre-attaque.
Coplan frappe à la tête.
Coplan ouvre le feu.
Coplan sort ses griffes.
Coplan redresse la barre.
Coplan dans la guérilla.
Coplan prend le large.
Coplan part en croisière.
Plan traquenard.
Coplan et le bataillon fantôme.
Agent de choc.

Dans la collection « Kenny » :

Coplan fait école.
Ville interdite.
Recours au meurtre.
Attention : radar.
Patrouille noire.
Le rapport secret de Coplan.
Coplan a la dent dure.
Coplan va trop loin.
Coplan a le dernier mot.
F.X. 18 ne perd pas le Nord.
Les démons de Bali.
Coplan sème la panique.
Coplan se venge.
Coplan se méfie.
Écueil à Recife.
Les cibles de la nuit.
Au nom des victimes.
L'ombre et la solitude.
La peur des autres.
Rendez-vous à Malmö.
Consigne impitoyable.
Envoyez F.X. 18.
F.X. 18 en difficulté.
La Java de Coplan.
Coplan attire la foudre.
Diplomatie de la terreur.

Sans foi ni loi.
Coplan fait des siennes...
Enjeu tragique.
Les astuces de Coplan.
F.X. 18 corrige le tir.
Raid 59.
Deux filles, du fric et des
bombes.
Le dragon de jade.
Les poignards de Chiraz.
Le Grec de Dakar
L'atome sur la gorge.
La vénus de Kyoto.
F.X. 18 doit sauter.
Guet-apens pour F.X. 18.
Les tentations de la violence.
Action immédiate.
Coplan brûle les étapes.
Feu vert pour Coplan.
Coplan monte en ligne.
Le Bastion du Pacifique.
Coplan va de l'avant.
Coplan connaît la musique.
Exécutions sommaires.
Tous contre Coplan.
Pas de miracle pour l'espion.

Coplan fonce au but.
Des sirènes pour F.X. 18.
Le fracas des armes.
Les sentiers de la haine.
Les vertiges de la peur.
Le piège de Mandalay
Réseau Apocalypse

Éclair en Z.
Coplan coupe les ponts.
Barrage à Bogota.
Coplan dans le labyrinthe.
La Guyane pour Coplan.
Escalade du mépris.

PAUL KENNY

LES REQUINS
ET LES LOUPS

FLEUVE NOIR
6, rue Garancière — PARIS VIe

ISBN : 2-265-01189-4

A Émile Hénocque,
fidèle ami dès la première heure,
et inlassablement dévoué,
en toute cordialité,

P. K.

CHAPITRE PREMIER

— Mon cher Coplan, je suis tenu de vous mettre en disponibilité pour une période indéterminée, annonça le Vieux sur un ton confidentiel, ennuyé, tout en manipulant un stylobille.

Son interlocuteur, haussant imperceptiblement les sourcils, réfléchit deux secondes avant de demander, avec un brin d'ironie :

— Est-ce une sanction ou une faveur ?

Le Vieux hocha la tête.

— Ni l'un ni l'autre. Ordre supérieur.

Puis, relevant les yeux sur le bloc de force tranquille qui lui faisait face, il ajouta :

— Il doit s'agir d'une mission qui, normalement, échappe à la compétence du Service. Vous voyez ce que je veux dire.

— Non, dit Coplan.

Son chef soupira, se cala plus confortablement dans son fauteuil.

— Moi non plus, avoua-t-il. D'habitude, on ne fait pas tant de mystère pour mettre mes agents à toutes les sauces, y compris les plus empoisonnées. Enfin, vous verrez bien.

— Quand ?

— Cet après-midi.

Un silence plana. Coplan plongea la main dans sa poche de pantalon pour en tirer un paquet de Gitanes, en prit une qu'il inséra entre ses lèvres.

— Je n'ai d'ordres à recevoir que de vous, émit-il avant de l'allumer. Si cette histoire ne me plaît pas, je laisse tomber.

— Vous êtes en disponibilité. A partir de ce moment-là, je n'ai plus aucun contrôle.

Une façon comme une autre d'accepter par avance, et de couvrir, la décision que prendrait son subordonné. Du moins, c'est ainsi que l'entendit Coplan. Il devait rendre cette justice au Vieux que ce dernier n'avait jamais voulu, d'autorité, lui forcer la main quand une tâche pouvait poser un cas de conscience. Non par bonté d'âme ou pour des considérations morales, mais dans un pur souci d'efficacité : un homme qui n'a pas le feu sacré, qui ne se sent pas bien dans sa peau, court à l'échec.

— Que suis-je censé faire cet après-midi ? s'enquit Coplan.

— Vous devriez vous rendre au 61 rue de Courcelles, appuyer sur le bouton du parlophone correspondant au nom de Lemaire et vous présenter comme M. Delcourt lorsqu'on vous répondra. Je ne peux rien vous dire de plus.

L'insonorisation parfaite du local rendait les silences lourds comme du plomb. Presque insupportables pour des gens aux nerfs sensibles, ils incitaient à parler. Ou à se défiler au plus vite.

— Il y a pourtant quelques points à régler,

reprit Coplan d'une voix unie. Dois-je comprendre que tous les ponts seront rompus, entre vous et moi, durant cette période... de purgatoire ?

— Tous, opina le Vieux. Je ne peux fournir un soutien logistique à un quidam — fût-il un de mes ex-collaborateurs — quand il effectue un travail que je ne supervise pas. Au reste, il semble bien que ce soit le vœu de X, cet homme que vous allez voir.

Coplan écrasa posément sa cigarette à demi consumée dans le cendrier, puis il se leva.

— Si je ne marche pas dans cette combine, je vous passerai un coup de fil après l'entretien, afin que vous puissiez trouver quelqu'un d'autre.

— D'accord.

Chose rarissime, le Vieux s'extirpa également de son fauteuil, tendit sa main large ouverte, marmonna :

— Je préférerais pourtant que ce soit vous.

— Pourquoi ?

— Parce que je suis sûr que vous reviendrez chez nous. Au revoir, Coplan.

*
* *

En ce début du mois de mai, l'hiver s'obstinait à ne pas se tenir pour battu. Un vent aigre, qui devait avoir caressé de lointaines banquises avant de souffler sur Paris, démentait les promesses d'un joli soleil. Cette bise dévalait la rue de Courcelles en distribuant des laryngites aux passants qui, trop optimistes, s'étaient vêtus trop légèrement.

Le 61 marquait l'une des entrées d'un long immeuble résidentiel de haut standing, aux larges baies de verre fumé encadrées de béton galbé. Coplan s'arrêta devant le tableau du parlophone, localisa l'étiquette indiquant « Lemaire » et appuya sur le bouton correspondant. « Allô ? » fit une voix masculine sortant du petit haut-parleur.

— Je suis M. Delcourt.

— Très bien. Montez au quatrième, sonnez à la porte 412, au fond du couloir à gauche en sortant de l'ascenseur.

Hall de marbre, belles boiseries, deux cabines.

Coplan monta, fit comme on le lui avait prescrit. La porte de l'appartement s'ouvrit aussitôt. Un homme d'environ 35 ans, à l'allure stricte de cadre supérieur d'une multinationale, au visage net, rasé de près, articula :

— Entrez, je vous prie. Bonjour.

La poignée de main fut courte, virile.

Lorsque la porte eut été refermée, l'hôte introduisit l'arrivant dans une salle de séjour meublée d'un grand canapé flanqué de deux fauteuils aux larges accoudoirs bombés.

— Prenez place. Cognac, Scotch ou Champagne ?

Apercevant une bouteille mate de Gaston de Lagrange, Coplan répondit :

— Cognac.

— Mettons les choses au point, dit l'homme tout en disposant deux énormes verres ballon sur la table basse. Cet appartement n'est pas le mien et je ne m'appelle pas Lemaire, pas plus que vous ne vous nommez Delcourt, sans doute. Quand je vous aurai exposé le problème qui me préoccupe, et si vous acceptez le travail que je désire vous confier, nous pourrons lever notre anonymat.

— D'accord, fit Coplan, confortablement installé, influencé de façon plutôt favorable par la personnalité de son interlocuteur. De quoi s'agit-il ?

— En gros, de retrouver quelqu'un en Amérique. Un journaliste spécialisé dans la vulgarisation scientifique et signant ses articles Jean Lefront.

Il tendit à Coplan un verre rempli au tiers d'un liquide dont la belle teinte vieil or et l'arôme capiteux réchauffaient le cœur avant même qu'on l'eût dégusté.

— Vous pourriez vous étonner que je m'adresse à vous plutôt qu'à la police, enchaîna l'élégant personnage. En fait, elle s'en occupe déjà depuis une quinzaine de jours, sans grand succès semble-t-il ; or, il y a dans cette affaire des éléments que je ne peux lui communiquer.

Coplan s'informa :

— Que craignez-vous ? Que ce journaliste ait disparu volontairement, qu'on l'ait kidnappé ou qu'il ait été victime d'un meurtre ?

L'autre, s'étant assis à son tour, arbora une mine perplexe et avoua en lâchant un soupir :

— Je ne sais pas... Tout est possible. Mais je crois qu'on peut éliminer votre première hypothèse.

— Pourquoi vous, personnellement, êtes-vous intéressé au sort de Lefront ? Etes-vous un membre de sa famille ?

— Non, pas du tout. Je ne connais même pas sa femme. Cependant, j'ai de sérieuses raisons de vouloir apprendre ce qui lui est arrivé.

— Vous doit-il de l'argent ?

Un mince sourire étira les lèvres du négociateur, dont les mains en conque chambraient le ballon de cognac.

— En aucun cas. C'est plutôt moi qui lui en devrais... Non, il vaut mieux que je vous explique la chose depuis le début.

Son visage redevint sérieux, presque sévère, et ce fut d'une voix contenue qu'il reprit :

— Jean Lefront est marié, a deux enfants de 3 et 5 ans. C'est un homme honnête, sans problèmes. Chroniqueur compétent, il collabore à plusieurs revues et journaux. L'énergie nucléaire devient ces derniers temps une des branches principales de son activité journalistique. Ni pour, ni contre, parfaitement objectif, il rédige quelques articles d'une qualité incontestable qui attirent notre attention sur lui.

Il s'interrompit pour boire une petite gorgée d'alcool, la savoura deux secondes, les yeux rêveurs, parut hésiter, poursuivit enfin :

— Quand je dis « notre », je veux dire celle de l'Agence pour l'Energie Nucléaire, un organisme autonome créé dans le cadre de l'O.C.D.E. (1) et qui travaille en étroite coopé-

(1) O.C.D.E. Organisation de coopération et de développement économique groupant 20 pays européens, le Japon, l'Australie, la Nouvelle-Zélande, le Canada et les

ration avec Euratom. Cette Agence a pour tâche, entre autres, de mettre en œuvre des programmes concernant la sécurité des activités nucléaires civiles et d'améliorer leur réglementation.

Coplan approuva de la tête, montrant qu'il connaissait l'existence et les buts de l'organisme en question.

— Il y a environ un mois, continua son hôte, s'est produit l'accident spectaculaire de la centrale de *Three Mile Island,* à Harrisburg, en Pennsylvanie. Vous n'ignorez pas le retentissement qu'il a eu dans le monde entier, après que le gouverneur de cet Etat ait envisagé d'évacuer un million de personnes... Plusieurs pays, dont la France, ont envoyé sur place des commissions d'enquête chargées de vérifier si une pareille catastrophe ne les guettait pas aussi, et quelles précautions il convenait de prendre pour l'éviter. L'A.E.N. a également détaché quelques experts. Or les conclusions des spécialistes peuvent se ramener à ceci : *on a fait beaucoup de bruit pour rien !*

Coplan témoignant son incrédulité, son interlocuteur s'empressa d'ajouter, catégoriquement :

— Je suis formel sur ce point. Il est abondamment prouvé que l'accident a résulté d'une suite de défaillances humaines assez aberrantes et de défauts mécaniques relativement mineurs. Seuls deux techniciens de la centrale ont subi des

États-Unis. Son siège est au château de la Muette, à Paris. L'A.E.N. n'englobe que les pays européens et le Japon.

irradiations légères. Les rejets dans l'atmosphère n'ayant pas, de loin, atteint la cote
d'alerte, ni les bêtes ni les gens de la région n'ont
été contaminés.

— Je veux bien. Il n'en reste pas moins que
les terribles appréhensions du gouverneur
étaient fondées.

— Dès le début, il a été mal informé. Il l'a
reconnu lui-même devant la presse et à la radio.
En revanche, des membres éminents de
l'Agence américaine de la Protection de l'Environnement, ainsi que d'autres de l'Institut
National du Cancer, ont déclaré que la région
était restée saine, même pour les femmes
enceintes et pour les bébés nourris au lait. Je
possède des documents qui le démontrent (1).

— Admettons. Mais tout ceci semble nous
écarter de la disparition de Jean Lefront.

— Au contraire. Cette parenthèse était indis-
pensable, et vous allez voir pourquoi. L'incident
de *Three Mile Island* ayant soulevé une lame de
fond dans l'opinion publique, tant aux Etats-
Unis qu'en Europe, les mouvements écologistes
en ont profité pour lancer partout une violente
campagne contre l'énergie nucléaire... Vous
permettez deux secondes ?

L'homme déposa son verre, se leva pour aller
chercher un dossier dans son attaché-case, et
tout en ouvrant celui-ci, il articula :

(1) Consulter l'enquête publiée dans la revue *Time* du
16 avril 1979, ainsi que le communiqué transmis à la presse
par le ministre de l'Industrie, M. André Giraud, le
25 avril 79.

— Une commission de journalistes de la presse écrite et de l'audio-visuel a même été constituée. Elle est partie aux Etats-Unis pour, je cite : « ... *étudier l'impact dans le public américain d'un épisode qui s'est avéré a posteriori n'être qu'une fausse alerte sans conséquence majeure mais qui, sur le moment, a été à l'origine, dans l'opinion, d'une émotion considérable,* disproportionnée sans doute par rapport à l'importance des faits » (1).

Il posa le dossier sur la table, regarda derechef Coplan dans le blanc des yeux.

— A l'A.E.N. nous nous en étions avisés avant cela, si bien que nous avions chargé Jean Lefront d'une enquête privée, approfondie, en dehors des circuits officiels.

Coplan commençait à voir le topo. L'homme qu'il avait en face de lui appartenait à un organisme international ne disposant pas d'un service de renseignement, et ne pouvant pas, pour des raisons évidentes, recourir aux services spéciaux d'un des pays adhérents.

— Jouons cartes sur table, dit Coplan. Qu'est-ce que Lefront devait rechercher, exactement, puisque vous êtes édifié, d'après ce que vous me dites, sur les aspects techniques de l'affaire ?

— Ecoutez, fit son vis-à-vis d'une voix confi-

---

(1) L'article de S. Chauvel-Leroux, dans *Le Figaro* du 9 mai 79, relate ce qu'a constaté le journaliste en accompagnant cette commission : « Le vrai film de l'accident ». Voir aussi l'article de Laurent Broomhead dans le *Matin* du 2 avril 79.

dentielle. Nous sommes tenus de planifier les besoins en énergie de l'Europe future. Vous n'ignorez pas que le développement de l'énergie nucléaire est inéluctable. Tout ce qui, d'une manière ou d'une autre, risque de compromettre ce développement doit mobiliser notre attention.

— Très bien. Mais encore ? Soyez plus précis.

L'inconnu se mordilla la lèvre inférieure, les yeux baissés, puis il secoua la tête.

— Il y a eu des tas de choses bizarres, dans cette histoire. Logiquement, elle n'aurait pas dû arriver. Même si un ou deux dispositifs de sécurité flanchent, un personnel compétent peut maîtriser très vite l'échauffement anormal du cœur d'une pile atomique. A Harrisburg, il a fallu qu'une équipe dépêchée par la Commission de la Réglementation nucléaire de Washington, *trois jours après le premier incident,* remette promptement les choses dans l'ordre.

— Oui. Et alors ?

— Alors ? Le résultat le plus clair de cette incurie a été une levée de boucliers sans précédent contre la construction de nouvelles centrales. En d'autres termes, tout s'est passé comme si, délibérément, on avait voulu semer la panique dans les populations des pays industriels.

— Ça me paraît plus que douteux, objecta Coplan avec une moue. Qui pourrait s'amuser à ce jeu-là ?

— Plus de gens que vous ne le pensez. Et pour différents motifs. Ne trouvez-vous pas étrange que le film-catastrophe « Syndrome chinois » sorte sur les écrans une dizaine de jours

avant la panne de Harrisburg, à point nommé
pour sensibiliser l'opinion publique ? Qu'un
magazine local ait publié, huit mois à l'avance,
une nouvelle de science-fiction prévoyant, non
seulement la nature, la date exacte et le lieu de
cette panne, mais même celui des réacteurs de la
centrale qui la subirait (1) ? Ensuite, le gouverneur est assailli d'informations contradictoires
émanant toutes, en principe, de personnes hau-
tement qualifiées. Mais quand le directeur de la
centrale fait à la radio des déclarations rassuran-
tes, la Maison Blanche le prie de se taire ! Alors
un battage fantastique se déclenche : les journaux arborent d'énormes manchettes alarmistes,
des manifestations se multiplient et la grande
peur se propage en Europe. Et tout ça pourquoi,
en définitive ? Pour un simple pet de vapeur
radioactive lâché dans l'atmosphère... Quant à
la fameuse bulle d'hydrogène qui a tenu le
monde en haleine pendant une huitaine de
jours, on se demande un mois plus tard si elle a
réellement existé (2) ?

Un peu ébranlé quand même, Francis Coplan
fixa d'un air perplexe son interlocuteur, lequel,
au fil de ses révélations, semblait s'être
échauffé. Celui-ci s'en avisa et expliqua sur un
ton moins acerbe :

— Jean Lefront partageait notre sentiment
qu'une adroite mise en scène a provoqué tout ce
tintamarre pour servir des intérêts politiques ou

(1) Authentique. Le F.B.I. s'est intéressé à cette bizarre
coïncidence.
(2) Cf. L'article déjà cité de S. Chauvel-Leroux.

financiers. Or, si c'est vrai, nous sommes à la merci d'autres entreprises du même genre qui, en fin de compte, pourraient priver l'Europe occidentale, face à la crise du pétrole, de la seule énergie de remplacement dont elle dispose. A moyen terme, toute notre production industrielle se trouverait ainsi menacée d'effondrement.

Coplan, pensif, savoura une autre gorgée de cognac, puis il conclut :

— Si vos soupçons étaient fondés, ce serait évidemment très grave. Mais y a-t-il vraiment une corrélation entre l'hypothèse que vous soulevez et la disparition de votre enquêteur ?

— Oui, affirma son hôte. Quatre jours avant la date prévue de son retour de New York, Lefront m'avait envoyé le télégramme que voici.

Coplan accepta le formulaire qu'on lui tendait, lut :

« *Suppositions confirmées. Vous ramène des éléments très significatifs, peut-être suffisants pour faire éclater un immense scandale. Devance mon retour pour concertation urgente. J. L.* »

En restituant le feuillet, Coplan prononça, soucieux :

— Maintenant, je comprends mieux votre inquiétude, bien sûr.

— Etes-vous prêt à vous atteler à cette besogne ? Il ne s'agit pas uniquement de savoir ce qu'est devenu Lefront, mais de retrouver ce qu'il avait découvert et, le cas échéant, de poursuivre ses recherches. Vous devinez à présent que cela peut être très dangereux pour vous.

— Ça me paraît dans mes cordes. Mais quels moyens pouvez-vous mettre à ma disposition ?

— Des moyens considérables, soyez tranquille. Du moins, sur le plan financier. Mais je ne pourrai pas vous donner d'autre support. Votre mission doit demeurer totalement secrète, sans aucune liaison avec les polices françaises et américaines...

Il s'interrompit, ajouta en hochant la tête :

— Du moins, jusqu'à nouvel ordre, car nous ne savons pas ce qui peut sortir de ce chaudron de sorcière...

L'homme inspira profondément, apparemment satisfait d'avoir convaincu son visiteur, et ses traits se firent plus bienveillants.

— Mon nom est Deprivat, dévoila-t-il. Gérard Deprivat. Je serai votre seul correspondant, comme je l'étais pour Lefront, du reste. Comment faut-il vous appeler ?

— Francis Coplan. Venons-en aux modalités pratiques. Comment et où puis-je vous contacter ?

Deprivat retira de son attaché-case une enveloppe de papier fort, de grand format, assez gonflée.

— Vous trouverez là-dedans une adresse de télex, deux numéros de téléphone, les indications d'une boîte postale, un dossier comprenant le curriculum vitae et une photo de Jean Lefront, un autre sur l'affaire de Harrisburg avec les conclusions de diverses commissions d'enquête, et enfin une somme de 5 000 dollars en billets. Etudiez les documents à tête reposée. S'il vous faut d'autres renseignements avant de partir aux Etats-Unis, je vous les communiquerai par téléphone.

— Bien, dit Coplan tout en s'emparant de l'enveloppe. Savez-vous dans quels hôtels le disparu a logé aux Etats-Unis, et en particulier le dernier ?

— A Harrisburg, il était descendu au *Nationwide Inn* puis, à New York, au *Waldorf-Astoria*.

— Qui a signalé à la police que Lefront ne donnait plus signe de vie ?

— Son épouse. Je l'ai appris par personne interposée quand j'ai commencé à m'émouvoir du silence persistant du journaliste.

Après un instant de réflexion, Coplan fit la grimace et déclara :

— Tout cela me paraît un peu maigre, comme point de départ.

— Je m'en rends parfaitement compte, avoua Deprivat. C'est bien pourquoi j'ai demandé, par des voies détournées, qu'on me prête les services d'un des plus fins limiers du contre-espionnage. Le problème est d'autant plus épineux qu'on ne peut divulguer, ni à la police ni à la presse américaines, le motif réel du voyage de Lefront.

Coplan, souriant à demi, avança :

— C'est toujours pareil : on ne m'affecte qu'à des missions dont les chances de réussite sont plutôt minces. Comme d'habitude, je ferai de mon mieux. Mais si par hasard vous ne receviez pas de nouvelles de moi avant huit jours, faites-le savoir à l'intermédiaire qui a obtenu ma mise en disponibilité.

CHAPITRE II

Le soir même, à son domicile, après avoir épluché une à une toutes les pièces du dossier, Coplan se dit qu'il n'y avait pas trente-six moyens d'entamer cette mission.

Si, effectivement, la disparition de Jean Lefront était liée à une découverte établissant que l'accident de la centrale électrique avait servi d'amorce à une vaste campagne anti-nucléaire, il n'y avait qu'à recommencer l'enquête qu'il avait entreprise, quitte à risquer de tomber dans la même chausse-trape.

Puisant alors dans sa documentation personnelle, Coplan étudia le type de centrale atomique à eau pressurisée qui fonctionnait à *Three Mile Island,* ses dispositifs de sécurité, les pompes et les vannes équipant le circuit primaire véhiculant la chaleur dégagée par le réacteur, puis celles de l'échangeur qui fournit de la vapeur sous pression aux turbines.

Le lendemain, Coplan recourut encore aux bons offices d'un ami ingénieur atomiste qui connaissait fort bien ce genre de centrale. Il lui posa un bon nombre de questions et, finalement, lui demanda son opinion sur l'affaire d'Harrisburg.

— Franchement, je n'y ai rien compris, déclara l'homme de l'art. Chez nous, la sur-chauffe d'un réacteur, quelle qu'en soit la rai-son, aurait été jugulée en quelques minutes, même sans aucune intervention humaine. Et si l'automatisme d'un système de sécurité se met à foirer, on possède assez de contrôles manuels pour enrayer la montée en température. Je me demande ce qu'ils ont bien pu fabriquer, les gars qui opéraient là-bas.

Cet avis, totalement indépendant, corroborait d'une certaine manière les soupçons de Depri-vat : à la base, il y avait eu des erreurs ou des fautes humaines invraisemblables.

S'estimant dès lors en mesure d'affronter le problème, Coplan prit ses dispositions pour partir aux Etats-Unis. Le jour suivant, il s'en-vola de Roissy pour New York. Aussitôt arrivé sur les rives de l'Hudson, il prit un car de liaison entre Kennedy Airport et La Guardia, où il ne dut attendre qu'une demi-heure pour monter dans un appareil faisant escale à l'aéroport de Harrisburg.

Un taxi le conduisit ensuite de l'autre côté du fleuve Susquehanna, où, au prix d'un détour imposé par des sens uniques, il parvint à l'hôtel *Nationwide*, érigé sur la rive droite du large cours d'eau.

Ici, dans la capitale étrangement modeste de la Pennsylvanie, il faisait encore jour ; de la fenêtre de sa chambre, Coplan put jeter un coup d'œil sur le paysage. Il ne vit cependant pas les tours de refroidissement de la centrale, trop éloignées en aval. Par contre, il aperçut au milieu du fleuve une île allongée, verdoyante, sur laquelle s'érigeaient les bâtiments blancs d'un hôpital.

Une reprise de contact avec l'univers américain a toujours quelque chose de roboratif. Tout y est ample, commode, aéré, donne une grande sensation de liberté. Un pays sans « masses » ni « classes », peuplé d'individus entreprenants et dynamiques.

Parfois trop.

* *
*

Dans la ville, il y avait déjà plusieurs semaines que la vie avait repris son cours normal. En s'y déplaçant, on n'aurait pu deviner qu'elle avait mis le monde en émoi. Les nuées de journalistes qui avaient fondu sur elle pendant les phases dramatiques de l'accident n'étaient plus qu'un souvenir. Seuls quelques membres de commissions d'enquête, opérant avec discrétion, étaient demeurés sur place.

Après avoir pris son petit déjeuner dans sa chambre, Coplan chercha dans l'annuaire le numéro de la centrale de *Three Mile Island* puis, ayant allumé une cigarette, il se rapprocha du téléphone et appela l'usine.

— Je suis délégué par une firme française qui fabrique des pompes pour l'industrie nucléaire, déclara-t-il à son correspondant. Me serait-il possible de rencontrer un des ingénieurs qui étaient affectés à la pile 2 ?

— Un moment. Je vous passe la direction technique.

Une autre voix se fit entendre et Coplan répéta sa demande.

— Quel nom ? Quelle firme ? s'enquit-on d'un ton bref.

— Francis Coplan, de la Société Cophysic, à Paris.

— Où êtes-vous actuellement ?

— Au *Nationwide Inn,* chambre 312.

— Que voulez-vous savoir, au juste ?

— Si, à la lumière de ce qui s'est passé chez vous, il n'y aurait pas lieu d'apporter des modifications à notre matériel. Vous savez, nous équipons en France des centrales du même type, et les informations que nous avons pu rassembler sur l'accident ne sont pas assez détaillées sur ce point.

— Attendez.

Un temps assez long s'écoula. Enfin, un troisième organe masculin articula :

— Mr Coplan ? Ingénieur Jimmy Wakeson sur la ligne... Je veux bien vous rendre service mais, pour venir à la centrale, vous auriez besoin d'un sauf-conduit. Il faudrait vous adresser à la compagnie.

— Non, l'interrompit Coplan. De toute manière, je doute qu'on me laisse voir les pièces détachées de pompes qui doivent encore être très radioactives. Un entretien avec vous me suffirait, en dehors de vos heures de service. Est-ce que nous ne pourrions pas prendre un verre ensemble, ou même dîner si vous êtes libre ?

— Ça, c'est possible. Aujourd'hui, je termine à 16 heures. Voulez-vous que je passe vous voir à votre hôtel vers 16 h 30 ?

— Merveilleux ! Appelez-moi dans ma chambre.

— Okay.

Après ce coup de fil, Coplan fit sa toilette, contacta le concierge pour obtenir une voiture de location et rangea dans son attaché-case un certain nombre de documents destinés à accréditer la version qu'il avait fournie à Wakeson. Il avait assez potassé la question pour ne pas paraître ignare en la matière.

L'hôtel comptait 125 chambres ; il était peu probable que Lefront, perdu dans le flot des voyageurs qui avait déferlé dans l'hôtel au cours des dernières semaines, eût laissé quelque trace de souvenir dans le personnel.

Le temps doux, ensoleillé, se révélait propice à une exploration de la ville et de ses environs. Au volant d'un coupé Ford Mustang, Coplan parcourut les artères principales, terriblement analogues à celles de n'importe quelle localité américaine de moyenne importance. A se demander pourquoi Harrisburg avait été promue au rang de capitale de l'Etat, alors que Philadelphie et Pittsburg ont des allures de grandes métropoles.

Longeant ensuite la rive droite du fleuve par Front Street, il descendit vers les bourgs de Steelton et de Middletown, ceux où l'alerte avait été la plus chaude en raison de la proximité de la centrale.

Il y régnait une atmosphère encore imprégnée

d'anxiété, ainsi qu'en témoignaient, de loin en loin, des inscriptions d'un humour sinistre tracées au pinceau sur des calicots, telles que « Nous avons survécu... Nous pensons ! » ou « Pas de radioscopies gratuites, merci ! Nous en avons déjà eu. » ou encore « On vous l'avait bien dit ! »

En longeant Middletown, Coplan put voir sur sa gauche les quatre cheminées géantes, évasées, hautes de plus de cent mètres, qui encadraient sur une île elliptique les cylindres massifs abritant les réacteurs nucléaires et les énormes cubes de béton des installations annexes. Environ 120 personnes travaillaient là-dedans.

Seules deux avaient été irradiées. Et encore... L'une d'elles, un contremaître qui avait revêtu un scaphandre anti-radiations pour prélever un échantillon d'eau contaminée, s'était exposé de son plein gré en disant : « Ce n'cst pas le genre de choses qu'on aime faire, mais il faut que ça soit fait. (1) »

Quarante-trois centrales du même modèle fournissaient de l'électricité en d'autres endroits des Etats-Unis, plus une trentaine d'autres, atomiques aussi. Mais depuis l'accident, la construction des suivantes avait du plomb dans l'aile, tant les écologistes se démenaient ferme sur tous les plans pour paralyser les travaux.

Incontestablement, la répercussion la plus marquante de l'incident de *Three Mile Island* avait été de donner un violent coup de frein à la croissance de l'industrie nucléaire et à la produc-

_____

(1) Authentique.

tion d'électricité, aussi bien en Europe qu'aux U.S.A.

Fallait-il s'en réjouir ou le déplorer ?

Coplan reprit le chemin de l'hôtel.

***

Jimmy Wakeson était un homme bien en chair, à la physionomie ouverte, qui avait déjà une jolie brioche bien qu'il n'eût pas atteint la quarantaine. D'une taille un peu supérieure à la moyenne, le teint frais, les cheveux coupés court, il arborait une face légèrement empâtée de gros mangeur.

— Hello ! lança-t-il, jovial, lorsque Coplan sortit de l'ascenseur. C'est vous le spécialiste des pompes, hein ?

— Salut, confrère, lui renvoya Coplan. Merci d'être venu. On a dû vous embêter pas mal, depuis cette histoire ?

Wakeson haussa ses épaules matelassées et prononça, philosophe :

— Il n'y avait pourtant pas de quoi en faire un plat. On nous a traînés dans la boue, puis on nous a offert des paquets de fric pour obtenir des révélations. Maintenant, les journalistes, j'en ai ras le bol. A force de grossir les événements, ils étaient devenus plus dangereux que la pile elle-même. Si vous saviez le nombre d'accidents de la route qui en est résulté...

— Oui, j'ai lu ça. Où préférez-vous qu'on s'installe ? Au bar, au bord de la piscine ou dans ma chambre ?

— Nous serions peut-être plus tranquilles chez vous, non ?

— D'accord. Allons-y.

Lorsque, quelques minutes plus tard, ils eurent pris place dans des fauteuils, Coplan reprit :

— Vous n'avez quand même pas dû en mener large, au début ?

— C'est vrai, avoua Wakeson. Je n'étais pas là quand les ennuis ont commencé, mais quand je suis arrivé à 8 heures, c'était déjà la grande pagaille.

— Justement... C'est à partir du moment où la pompe du circuit secondaire a lâché que les choses ont pris une mauvaise tournure, si je ne me trompe ?

— Pas exactement. Les vannes de trois pompes auxiliaires de ce circuit avaient été fermées lors d'un essai qui avait eu lieu deux semaines auparavant. Chose impensable, ces vannes n'ont pas été rouvertes avant la remise en service du réacteur. Si bien que quand la pompe principale est tombée en panne, les auxiliaires se sont mises en marche automatiquement. Mais comme leurs vannes étaient fermées, elles ne pouvaient rien pomper...

— Donc, l'eau n'évacuant plus la chaleur dans l'échangeur, la pression a augmenté dans le circuit primaire ?

— Oui. Mais il n'y a rien de grave jusque-là. Une soupape de sûreté remplit son office : elle s'ouvre... et reste coincée ouverte. La pression baisse rapidement. De plus, le système de refroidissement de secours se met à fonctionner pour empêcher la surchauffe de la pile. Des tonnes d'eau se déversent dans le circuit primaire... et fuient par la soupape restée ouverte. Ainsi, 250 tonnes d'eau irradiée se répandent sur le sol de l'enceinte de confinement. Comble de poisse, les opérateurs de service, trompés par l'indication inexacte d'un manomètre, croient que la chaudière est assez irriguée *alors qu'elle ne l'est pas*. Et ils coupent le système de secours ! Celui-ci va être stoppé pendant 50 minutes. C'est pendant cette période que les barres d'uranium atteignent 370 degrés. Elles se déforment, et des émanations radioactives polluent l'environnement.

— Je connais la suite. Mais ce qui m'intéresse, c'est cette damnée pompe de 80 chevaux du circuit secondaire. Sait-on exactement ce qui a provoqué son arrêt.

Wakeson fournit alors des explications peu convaincantes qui alimentèrent une controverse entre les deux hommes. Coplan prit au vol quelques annotations sur son bloc-notes.

Au terme de cette discussion aride, il proposa :

— Si nous buvions quelque chose ? Vers quoi vont vos préférences : bière, coca, bourbon, scotch ?

— Pour moi, un bourbon « on the rocks ».

Coplan appela le service d'étage, passa la commande, puis il enchaîna :

— Entre nous, et ceci soit dit sans vous vexer, les opérateurs de la salle de contrôle ont fait des conneries, vous ne croyez pas ? Chez nous, la plupart des professionnels en sont persuadés.

Wakeson, rembruni et assez embêté, reconnut :

— Oui, il y en a eu six, de conneries, ce qui est beaucoup. La question est venue sur le tapis, vous vous en doutez. Cela tient peut-être au fait que la centrale a été mise en service trop hâtivement, alors que le réacteur et le personnel n'avaient pas encore fait suffisamment connaissance. Nous étions en période de rodage.

Appuyant ses coudes sur ses genoux, Coplan avança :

— Il paraît que le démontage de la chaudière et de son enceinte pourrait *coûter plus cher* que les 700 millions de dollars investis pour leur construction, et qu'il pourrait durer un an ou deux ?

L'ingénieur fit la grimace.

— Exact. D'ailleurs, momentanément, on ne peut rien faire. Il faudra attendre un an avant de pouvoir pénétrer dans cette fournaise. A l'intérieur du bâtiment, le flux de radiations est tellement intense que toute personne qui y mettrait les pieds serait instantanément rôtie comme un poulet dans un four à micro-ondes. C'est vous dire.

Coplan lui présenta son paquet de Gitanes.

— Non merci, déclina Wakeson. Vos cigarettes françaises sentent le cigare. Je préfère mes Camels.

Il prit du feu au briquet allumé, puis Coplan se servit et articula tout en rejetant de la fumée :

— Enfin, on a dû cerner les responsabilités d'un pareil désordre. N'y a-t-il pas eu des sanctions ?

La face poupine de l'Américain refléta de l'ennui.

— Quelques types risquent de se faire sac-quer, c'est certain. Mais il y a eu un tel enchevêtrement de circonstances qu'il est bien difficile, sinon impossible, de désigner le vrai coupable de ce merdier. Est-ce la firme qui a construit la centrale ? Les gars qui étaient de service dans la salle de contrôle ? Ou bien la Commission de la Réglementation nucléaire, qui a donné trop vite le feu vert à la mise en route ? Allez savoir !

Un silence plana, qui fut rompu par l'arrivée d'un garçon apportant les boissons demandées.

Les deux hommes trinquèrent, puis Coplan hasarda :

— Personne n'a envisagé l'hypothèse d'un sabotage ?

Wakeson, ahuri, écarquilla les yeux.

— Un sabotage ? Vous rêvez ou quoi ? Il faudrait être dingue. D'ailleurs, vous l'avez bien vu : les sécurités sont telles que même si on détraquait volontairement un, deux ou trois dispositifs, le pire — à savoir la fusion du cœur de la pile — serait évité.

— Oui, vous avez raison. A force de réfléchir là-dessus, on finit par chercher midi à quatorze heures. Enfin, cela vous fera quand même 900 mégawatts de moins à injecter dans le réseau, alors que les usagers en ont besoin.

— Ça, c'est le plus clair de l'histoire, confirma Wakeson, approbateur. Aux heures de pointe, on est déjà aux limites de la production. Vous connaissez cela en France aussi, hein ?

— Nous avons eu un coup de semonce, l'hiver dernier. Toute une zone a été privée de courant, mais ça n'a pas eu les conséquences de votre fameuse panne de New York (1).

— Attendez. Vous n'avez pas fini de rigoler. Pour peu que votre approvisionnement en pétrole soit compromis, ça va disjoncter dans tous les coins. Ou bien vous devrez délester, rationner.

— C'est bien ce qu'on redoute. Et le retard de notre programme nucléaire ne va pas arranger les choses.

Coplan, jetant un coup d'œil sur sa montre, poursuivit :

— J'abuse peut-être de votre temps, Mr Wakeson ?

— Appelez-moi Jimmy, voulez-vous ? Dites donc, c'est pas souvent qu'on rencontre un Français qui parle américain comme vous. Vous êtes venu souvent aux *States*, je parie ?

— Quelques fois, en effet. Et je l'ai parcouru de long en large, votre pays, de Miami à Seattle et de Buffalo à Los Angeles. Cela dit, êtes-vous libre ce soir ?

— Eh bien, j'aurais accepté votre invitation à dîner si, précisément, ma femme n'avait pas organisé une party chez nous, ce soir. Voulez-vous vous joindre à nous ?

— Ce serait avec plaisir si...

— Il n'y a pas de si, puisque vous n'avez pas

(1) Le 19 décembre 1978, à 8 h 30 du matin, la quasi-totalité de la France a été privée de courant pendant une heure ou deux, par suite d'une surcharge du réseau.

d'autre engagement. Et puis, vous aurez l'occasion de voir d'autres collègues de la centrale.

Wakeson, clignant de l'œil, ajouta :

— Des gars qui en connaissent un bout sur les pompes.

Le visage de Coplan s'éclaira.

— Bon, d'accord. Quelle est votre adresse ?

— Non, ce n'est pas la peine que je vous la donne. Nous allons encore bavarder un peu, et après je vous emmènerai.

Sauf à New York, l'hospitalité des Américains est imbattable, et souvent surprenante aux yeux des Européens, tout comme leur rapide familiarité. Pour mener sa tâche à bien, Jean Lefront avait peut-être spéculé sur ce trait de leur caractère.

Coplan et son hôte en revinrent à l'accident, à ses conséquences psychologiques et aux déclarations fracassantes auxquelles il avait donné lieu.

— Le gouverneur de l'Etat de New York est même allé jusqu'à dire que l'avenir du nucléaire venait de se terminer, grommela l'ingénieur. Il a réaffirmé son opposition à la construction de deux nouvelles centrales à Long Island. Je suis curieux de voir la tête qu'il fera quand Manhattan et ses gratte-ciel seront privés de lumière, de chauffage et de force motrice en plein hiver. Cette démagogie facile de quelques hommes politiques nous prépare de sombres lendemains.

Ils devisèrent encore sur ce sujet, comparant l'ampleur des mouvements écologistes en Europe et aux Etats-Unis, mais bientôt Wakeson donna le signal du départ.

— Pas la peine de vous changer, vous êtes

très bien comme ça, assura-t-il. Chez nous, c'est à la bonne franquette, vous verrez.

Ils descendirent, rejoignirent la Buick Electra de l'ingénieur, une lourde berline huit cylindres.

Répondant par avance à une remarque de Coplan, Wakeson admit :

— Je vous sens venir. Vous pensez qu'une bagnole pareille consomme trop. C'est bien vrai. Mais vous devriez voir celles des politiciens qui refusent l'atome comme source d'énergie. Et puis crotte. Après nous les mouches.

La voiture emprunta Front Street et s'engagea plus loin par une bretelle sur l'Expressway 83.

— Vous habitez loin de la ville ? s'informa Coplan.

— Non, un peu en dehors, à quelques *miles*. L'endroit s'appelle Rutherford Gardens.

La contrée était assez vallonnée, plaisante, et les entreprises industrielles ne l'enlaidissaient pas trop. De nombreuses maisons construites en bois possédaient, comme dans le sud, une véranda dotée d'un banc ou d'un rocking-chair. On y voyait jouer des enfants.

Le trajet fut assez court. Après s'être engagée dans une avenue d'une banlieue résidentielle, la Buick vint s'immobiliser devant la pelouse qui précédait un grand bungalow à portes-fenêtres, de plain pied, auquel on accédait par une allée dallée.

— *Come on,* Francis, dit Wakeson d'une voix enjouée. Je vais vous présenter à Jessie.

En fait, Coplan dut d'abord faire la connaissance d'un cocker fou dénommé Arthur, d'une gamine de 14 ans rondelette comme son père, vêtue d'un tee-shirt et d'un bermuda, et qui, rouge comme une pivoine, essaya, sur l'injonction de Wakeson, de dire quelque chose en français. Coplan n'en comprit pas un mot mais il félicita la jeune Sylvia, et ce fut ensuite seulement qu'il vit la maîtresse de maison.

Celle-ci, en jeans, le visage auréolé de bouclettes, avait les traits aimables d'une épouse contente de son sort, sereine, très sociable.

— Je t'amène un copain de plus, annonça Jimmy Wakeson. Il vient de Paris et s'appelle Francis Coplan. Son job, c'est les pompes.

Jessie afficha un sourire ravi en tendant la main.

— Soyez le bienvenu. Le buffet supportera facilement un convive supplémentaire, et le bar aussi. Que voulez-vous boire ?

Elle montrait un redoutable assortiment de bouteilles flanqué de carafes de jus de fruits.

— Pardonnez-moi, Jimmy m'a presque entraîné de force, assura Coplan sans trop de sincérité. Je commencerai par une vodka-orange.

— Moi aussi, décréta Wakeson. J'ai bien cru que nous n'arriverions pas les premiers.

— Il s'en est fallu de peu, signala Jessie tandis que le cocker filait ventre à terre vers l'extérieur pour accueillir d'autres arrivants.

On eût dit qu'ils s'étaient tous donné le mot : dans les minutes qui suivirent, les invités se succédèrent à peu d'intervalle : un couple marié, une jeune femme brune aux yeux verts, aussi pétulante que jolie, et un célibataire pince-sans-rire aux cheveux taillés en brosse, la figure piquetée de taches de rousseur, pourvu de lunettes.

Le brouhaha des retrouvailles, ponctué par les jappements enivrés du chien, ne commença à s'apaiser que lorsque tout le monde eut un verre dans la main. Sylvia, peu intéressée par les propos des adultes, s'était esquivée dans sa chambre pour regarder la télé.

La salle de séjour très spacieuse accueillait aisément les deux ou trois groupes qui s'étaient formés. Elevant la voix pour être entendu par tout le monde, Wakeson déclara :

— Mes chers amis, vous ne devineriez jamais ce qui a attiré Francis à Harrisburg, n'est-ce pas ?

Ils se mirent tous à rire de bon cœur. C'était devenu un gag. On le servait chaque fois qu'un étranger participait à une réunion.

Entrant dans le jeu, Coplan rétorqua :

— Eh bien non, vous vous trompez. Je suis venu ici parce qu'on m'a dit qu'Harrisburg était la ville la plus marrante des Etats-Unis après Las Vegas.

L'hilarité de l'assitance redoubla.

— La plus chaude, rectifia le célibataire, ce qui fit s'esclaffer ses compatriotes.

Sauf un, un quadragénaire grisonnant, maigre, à l'expression austère.

— La plus moche, proféra-t-il d'une voix sèche, incisive. J'avais l'intention de vous l'annoncer plus tard, mais ma femme et moi avons décidé de quitter ce foutu patelin de merde.

CHAPITRE III

L'homme qui avait parlé s'appelait Oliver Gordon. Conscient de l'effet qu'avait produit sa repartie, il jugea devoir s'expliquer.

— Ce n'est pas la radioactivité qui a vicié l'atmosphère, ici, ce sont les gens, ronchonna-t-il sans s'adresser à quelqu'un en particulier. On nous regarde de travers. C'est tout juste si on ne nous accuse pas de ce qui est arrivé. Pour moi, ça devient irrespirable. Mieux vaut aller nous installer ailleurs, loin de Harrisburg.

Jimmy Wakeson s'approcha de lui, un peu ennuyé.

— Bien sûr, il y en a quelques-uns qui n'ont pas envie de nous sauter au cou, mais il ne faut pas exagérer, Ol. Tout ça se tassera. Avec ce battage qui dure depuis six semaines, et la grande trouille qu'ils ont éprouvée pendant quelques jours, les habitants du coin nous ont pris en grippe. Mais ce n'est pas une raison pour fiche le camp.

Oliver Gordon eut une mimique pessimiste.

— Tu verras, ils finiront par jeter des cailloux dans nos fenêtres. On n'arrête pas de leur bourrer le crâne au sujet de la centrale. Nancy et moi, on en a marre. A la fin du mois, on s'en va, c'est décidé.

— Tu as tort, Ol, opina Gene Cohn, le célibataire. Ne te laisse pas abattre, mon vieux !

Laura King, la jolie fille qui, jusqu'à présent, avait écouté sans mot dire, affirma sans ambages :

— C'est en grande partie la faute de ce salaud d'Eddie Winding. Il est allé trop loin. Moi, à votre place, j'aurais réagi à ses attaques, et je ne comprends pas que la compagnie ne lui ait pas encore intenté un procès.

Jessie Wakeson, en bonne maîtresse de maison, se préoccupait surtout de la bonne ordonnance des sandwichs sur les plateaux, et tandis que la conversation se poursuivait, Coplan vint la rejoindre près de la table.

— On dirait que votre ami Gordon n'est pas bien portant, marmonna-t-il. Avez-vous remarqué le tremblement de ses mains ?

Jessie confia discrètement, sans cesser de s'affairer :

— Il n'a jamais été très gai, mais son moral en a pris un sacré coup après l'accident. Nancy m'a dit qu'il craignait d'être renvoyé. Il préfère sans doute prendre les devants.

— Qui est ce Winding dont parlait Laura ?

— Un journaliste local, qui travaille pour le *Harrisburg Star.* Ce type s'est montré terriblement hargneux pour le personnel de la centrale, et il continue à jeter de l'huile sur le feu. Allez, Francis, donnez l'exemple : servez-vous.

Coplan obtempéra de bonne grâce, préleva un

sandwich à étages, épais de quatre doigts, qui devait contenir du jambon, du fromage, de la laitue, des tranches de tomate, des cornichons et d'autres ingrédients.

— Est-ce qu'il y a du vrai dans ce qu'a dit Gordon, ou bien se fait-il des idées ? s'enquit Francis avant de mordre dans son butin.

— Ce n'est pas entièrement faux, mais il noircit trop le tableau, estima Jessie. Personne ne nous fait la tête, à Jimmy et moi. Ça dépend un peu de l'endroit où habitent les techniciens de la centrale. A Middletown, les gens sont plus montés qu'ici, c'est bien normal.

En tout, la bonne Jessie devait avoir le sens de la mesure et témoigner d'un calme réalisme.

— Que fait-elle dans la vie, Laura King ?

Un sourire malicieux apparu sur les traits de son hôtesse.

— Vous feriez peut-être mieux de le lui demander vous-même ? Laura est une fille très communicative. Elle adore se faire de nouveaux amis.

— Elle ne doit pas avoir de mal, émit Francis à mi-voix, l'air paterne. Je vais tenter ma chance.

Le même débat continuait.

— D'accord, Winding est le type prêt à tout pour se monter en épingle, disait Gene Cohn. C'est un arriviste forcené, sans scrupules, friand de scandales. Mais, dans la région, il n'a pas été le seul à exploiter la situation. Prenez Sonny Fontana, par exemple.

— Ah celui-là ! s'exclama Laura avec un mouvement de la tête qui fit balancer sa chevelure blonde. Sous ses dehors d'apôtre, il sue l'hypocrisie.

— Qui est-ce? s'enquit Francis, la bouche pleine.

Laura leva vers lui ses beaux yeux bleus, étonnés.

— C'est vrai, vous n'êtes pas du pays, concéda-t-elle. Ici, tout le monde le connaît. Son seul but dans la vie, c'est de manifester. Contre n'importe quoi : les banques, les ordinateurs, la famille, les aliments en boîte... Son dernier dada : l'industrie nucléaire. Il a adhéré à un mouvement d'écologistes qu'il tente de politiser, le « Comité de Sauvegarde pour la Sécurité publique ».

— Ce type a déjà distribué des milliers de tracts, ajouta Gene Cohn. A se demander où il trouve l'argent. Il n'a pas son pareil pour provoquer du grabuge.

— Un mécontent perpétuel, renchérit Jimmy Wakeson en haussant les épaules. Mais ce n'est pas un gars comme lui qui me ferait peur.

Sa femme lança :

— Vous n'avez pas bientôt fini de remuer toujours les mêmes histoires ? Venez plutôt faire honneur à mes sandwichs.

Alors que la plupart des invités refluaient vers le buffet, Laura King dit à Coplan :

— Vous êtes déjà servi, à ce que je vois. Attendez deux secondes, je reviens.

Gracieuse, elle s'en fut remplir une assiette. Elle avait un dos sinueux, des hanches intéressantes, des fesses élégamment galbées dont le profil et le relief étaient fort bien révélés par un pantalon d'une blancheur arctique, si appliqué qu'il modelait étroitement le bombé de son pubis.

— Quel est votre métier ? demanda Francis à la jeune Américaine quand elle l'eut rejoint.

— Moi ? Je travaille à l'agence de la *Chase Manhattan Bank,* au service du crédit aux particuliers. Vous comptez rester longtemps à Harrisburg ?

— Quelques jours, pas plus. Le temps de réunir des renseignements sur les défauts mécaniques relevés dans la centrale.

— Avez-vous aussi des problèmes, en France ?

— Bien sûr, mais sans gravité jusqu'à présent. Nous sommes très prudents, vous voyez, malgré notre réputation de bricoleurs. Mais laissons cela. Quelles sont vos occupations préférées ? Sport, musique, lecture ?

— Je peins, avoua Laura. Gene dit que je ferais mieux de m'intéresser à la soudure à l'arc, mais c'est de la méchanceté pure. En plus, il n'y connaît rien.

Son expression égayée la rendait infiniment sympathique. De toute évidence, elle ne s'imaginait pas qu'elle avait du génie.

— Mais que peignez-vous ? Du non figuratif, de l'hyper-réaliste, ou vous rattachez-vous plutôt à l'ancienne école ?

— Je voudrais traiter mes sujets à la manière impressionniste, mais je n'y parviens pas. Alors, je me contente de faire des natures mortes et des portraits imaginaires.

— Imaginaires ?

— Oui, à peu près. C'est-à-dire que les gens ne se reconnaîtraient pas du tout dans l'image que je crée. Heureusement pour eux, d'ailleurs. J'essaie de faire apparaître leur inconscient, tout ce qu'il contient de trouble, de refoulé, d'inavoué. Notez, ce n'est pas forcément laid.

— Dans ce cas, j'aimerais voir un auto-portrait de vous, si vous avez eu le toupet d'en peindre un.

Laura se mit à rire de bon cœur.

— Vous êtes le premier qui emprunte ce chemin-là, railla-t-elle. Ce serait un bon raccourci, au fait. Mais, désolée, je n'ai jamais osé me représenter comme je suis.

— Dommage. Alors, comment choisissez-vous vos victimes ?

— D'après ce que je ressens en leur présence. Peu importe que l'impression soit bonne ou mauvaise. Il suffit qu'elle soit forte. Ce n'est jamais leur apparence physique qui m'inspire.

— Comme beaucoup d'artistes, vous êtes un médium qui s'ignore, affirma Francis.

Puis, plus bas :

— Quelle est votre opinion sur Oliver Gordon, par exemple ?

Laura cessa de sourire. Elle glissa :

— Un pète-sec ambitieux, ulcéré de ne pas avoir atteint la réussite sociale qu'il s'estime en droit de mériter. La crainte d'être congédié par la compagnie d'électricité a dû lui briser les nerfs.

— Je pense comme vous, approuva Francis. Mais ce journaliste Eddie Winding que vous avez traité de salaud, vous l'avez déjà rencontré ?

— Oui, une fois, à un cocktail qui était donné au *Quality Inn*. Après, je suis rentrée chez moi et je me suis mise au travail immédiatement. La toile a été réalisée en deux heures.

— Ah ? Qu'est-ce qui vous avait frappé en lui ?

La jeune femme acheva de manger une bouchée pour s'octroyer un temps de réflexion.

— J'ai eu le sentiment qu'il écraserait n'importe qui, même sa mère, pour arriver à ses fins, répondit-elle. Quand il s'est dit que cette affaire de *Three Mile Island* pouvait lui envoyer du vent dans les voiles, il a sauté sur l'occasion. Au lieu de s'en prendre à la société qui a construit l'installation, ou à celle qui l'exploite, il a voulu faire porter le chapeau au personnel et, par ce biais, jeter la suspicion sur l'ensemble de ceux qui travaillent dans ces centrales. Ainsi, il a propagé l'inquiétude sur tout le territoire des États-Unis.

— Hum, je vois, fit Coplan, méditatif. Ses papiers ont dû apporter pas mal d'eau au moulin des écologistes.

— Et du même coup, il s'est ménagé la sympathie des grands pontes de la Commission de la Réglementation nucléaire, que la presse et certains hommes politiques attaquaient durement. Je vous le dis : ce type est un fumier.

Au moins, elle ne mâchait pas ses mots, la charmante Laura. Si elle n'avait pas de mal à se faire des amis, elle avait aussi dû se créer quelques ennemis dans la localité.

Délaissant un autre groupe, Jimmy Wakeson s'amena près d'eux.

— Ça va ? s'enquit-il avec cordialité. Faites-vous bon ménage ensemble ?

— Ça ne démarre pas trop mal, convint Laura. On papote.

Sur ces entrefaites, Gene Cohn rappliqua aussi. Alors, les propos dérivèrent dans la banalité. La soirée se poursuivit, des dialogues se nouant au gré du hasard jusqu'au moment où, vers 11 heures, les Gordon donnèrent le signal du départ.

Coplan ayant aussi exprimé son intention de se retirer, Wakeson proposa de le reconduire à l'hôtel, mais Laura King intervint :

— Restez auprès de Jessie pour l'aider à faire la vaisselle, Jim. Pour moi, ce ne sera qu'un petit détour. D'accord, Francis ?

— Okay.

Pendant qu'ils prenaient congé, Wakeson dit à Coplan :

— J'espère que vous ne vous êtes pas trop ennuyé ?

— Loin de là. Je vous remercie de m'avoir invité.

— Si vous avez encore des questions à me poser sur cette pompe, n'hésitez pas, hein ?

— En tout cas, je ne quitterai pas Harrisburg sans vous dire au revoir. Bye-bye, Jimmy. Bonne nuit, Jessie.

Il suivit Laura King jusqu'à son coupé Ford, y monta près d'elle alors qu'elle mettait le contact.

— C'est gentil à vous de m'emmener, lui dit-il. Peut-être voudrez-vous bien prendre un dernier verre au bar de mon hôtel ?

— Pas ce soir. J'ai l'habitude de me coucher tôt. Mais on pourrait se voir un autre jour, si vous en avez l'envie ?

— Quelles sont vos coordonnées ?

— Appelez-moi au 356.14.24, après cinq heures et demie.

Lorsqu'ils arrivèrent au *Nationwide,* Coplan sacrifia à la tradition : en disant bonsoir à Laura, il l'embrassa sur la bouche, amicalement. Mais leur baiser se prolongea plus que ne l'exigeait la coutume sans que la jeune femme en parût offensée.

— Pourquoi pas demain ? suggéra Coplan tandis que sa main quittait la cuisse de Laura pour chercher la poignée de la portière.

— Où ?

— A vous de me le dire : je ne connais pas la ville.

Laura réfléchit deux secondes puis :

— Ne vous tracassez pas. Je viendrai vous prendre ici à six heures. Okay ?

Il approuva de la tête et sortit de la voiture.

— Ne peignez pas ce soir, conseilla-t-il avant de s'en aller.

*
* *

En dépit de ce qu'il avait laissé entendre la veille, Coplan n'avait pas une confiance absolue dans les intuitions de Laura King. Comme chez la plupart des femmes, ses jugements devaient être influencés par une dose de parti pris, selon l'aspect de la personne considérée et son attitude envers des tiers.

Ainsi pour Eddie Winding. Avait-il eu réellement tort de critiquer le personnel de la centrale alors qu'incontestablement — et selon l'aveu de Wakeson lui-même — des gaffes inadmissibles avaient été commises ?

En début de matinée, Coplan appela la rédaction du *Harrisburg Star* et demanda à parler au journaliste. D'emblée, on lui donna la communication.

— Je n'ai pas un tuyau mirobolant à vous communiquer, mais je voudrais que vous m'accordiez un entretien d'une demi-heure, déclarat-il à Winding. Cela parce qu'on m'a signalé vos articles sur l'accident de la centrale nucléaire, et que je n'ai pas pu les lire attendu que je suis arrivé ici avant-hier.

— Qui êtes-vous ? s'informa Winding sur un ton assez abrupt.

— Un Français, ingénieur, au service d'une entreprise fabriquant des pompes pour installations atomiques. J'aimerais entendre votre point de vue à l'égard de certaines choses figurant dans les rapports des commissions d'enquête.

Un silence.

— Quel est votre nom ? demanda le journaliste avec un soupçon de méfiance dans la voix.

Coplan le lui cita et dit encore :

— Je ne peux pas m'en tenir à ce qu'on raconte de source officielle, vous comprenez ? Mais vous étiez sur place au bon moment et vous avez dû suivre les événements de très près. Au surplus, je ne veux pas vous importuner gratuitement.

— Très bien. Faites un saut jusqu'au journal, en fin de matinée. Je vous recevrai.

— Parfait. Par la même occasion, j'achèterai une collection des numéros dans lesquels vous avez publié vos articles les plus marquants, si vous le permettez.

— Aucun problème. Je la ferai préparer. *So long !*

Winding ne brillait pas par un excès d'affabilité mais, dans cette profession, aux Etats-Unis, cela n'avait rien d'exceptionnel.

Vers onze heures, Coplan s'étant muni d'un exemplaire du quotidien pour obtenir l'adresse de ses bureaux, il put s'y rendre au volant de sa Mustang.

Le « Star » occupait un immeuble de quatre étages, en briques rouges, à la périphérie nord de la ville. Par les lucarnes au niveau du trottoir, on pouvait voir les rotatives logées au sous-sol.

Dans la salle d'accueil, un employé forma le numéro intérieur de Winding pour lui annoncer un visiteur, demanda si ce dernier pouvait monter. Ayant obtenu le feu vert, l'homme indiqua le chemin à suivre.

Peu après, au troisième étage, Coplan frappa à une porte de verre craquelé sur laquelle figurait le nom du journaliste, puis il entra.

Un fouillis sans nom, des papiers partout. Winding, en bras de chemise, vautré dans un fauteuil rotatif devant un bureau encombré d'annuaires, leva vers l'étranger un faciès intrigué. Il avait une physionomie allongée, le nez droit, des yeux bruns surmontés de gros sourcils, ne devait guère avoir plus d'une trentaine d'années.

— Asseyez-vous, Mr Coplan, dit Winding en indiquant un siège avec son stylobille tout en observant son interlocuteur d'un regard aigu. Combien êtes-vous prêt à payer cette consultation ?

— Cent dollars.

— D'accord. Passez l'oseille. Vous en aurez pour votre argent.

Quelques banknotes changèrent de main.

— Et maintenant, que voulez-vous savoir ? reprit Winding, les jambes calées sur son bureau.

— Voilà : êtes-vous réellement persuadé, au fond de vous-même, que l'accident a résulté de diverses négligences des opérateurs et non de la mauvaise qualité de l'appareillage ?

— Oui, affirma nettement le journaliste, les yeux dans les yeux.

— Vous estimez-vous assez compétent dans ce domaine pour pouvoir en juger ?

— Je n'ai fait que reprendre les conclusions des experts.

— Pourtant, si cette pompe du circuit secondaire n'avait pas lâché, rien ne se serait produit.

— Défaut de maintenance, ou d'entretien. Il y en a des dizaines comme elle qui ont fonctionné ailleurs sans pépin pendant des années.

— Et le manomètre ? La valve coincée ? Est-ce toujours la faute du personnel, d'après vous ?

Coplan posait ses questions sans agressivité, uniquement dans le but d'éclairer sa lanterne.

Winding rétorqua, sarcastique :

— Vous parlez comme un délégué syndical. Il faut croire que ces pièces n'ont pas subi des tests assez poussés avant la mise en route du réacteur. A qui la faute ? Et puis, plus personne ne songe à nier que le drame a failli éclater parce que le circuit de secours, pour le refroidissement du cœur de la pile, a été fermé *délibérément*.

— Ça, il faut le reconnaître, admit Coplan. Cette erreur pourrait presque être qualifiée de criminelle. Qu'ont dit les intéressés pour leur défense ?

Tout en faisant tourner son stylobille entre les doigts de ses deux mains, Winding haussa les épaules avec agacement. Il répondit :

— Le responsable de l'équipe s'est retranché derrière le fait que la pression avait diminué dans le primaire, et que le refroidissement intensif pouvait donc être interrompu. Mais il avait d'autres contrôles à sa disposition pour rectifier cette fausse manœuvre beaucoup plus vite qu'il ne l'a fait. Si vous êtes un technicien, vous devez le savoir. D'ailleurs, j'ai exposé tout ça dans mes articles et personne ne m'a démenti.

— A propos, vous l'avez sous la main, cette collection ?

— Oui. Là, sur cette caisse. Vous pouvez l'emporter, je vous en fais cadeau.

Coplan se gratta l'occiput, les sourcils froncés.

— En définitive, ce que vous me dites recoupe entièrement ce que m'avait écrit un ami, un journaliste comme vous. A tel point que je me demande s'il ne vous a pas contacté pour obtenir des renseignements.

— Comment s'appelle-t-il ? Il en est venu tellement, ces dernières semaines...

— Lefront, Jean Lefront.

Winding se prit le menton, réfléchit les yeux dans le vague.

— Non, dit-il. Je n'ai même pas entendu parler d'un gars portant ce nom-là.

— Il était ici il y a une quinzaine de jours.

Secouant la tête, Winding confirma :

— Non, je ne l'ai pas rencontré. Il a dû lire ma prose dans le canard.

— C'est bien possible, et je vais en faire autant. Moi, voyez-vous, je ne cherche qu'à déceler si cette pompe du secondaire a cédé à la suite d'un défaut de conception. Et lequel, le cas échéant.

— Ne croyez pas ça. Il y a longtemps que ce matériel a fait ses preuves. Seulement, la meilleure machine du monde ne résiste pas à des types qui s'en foutent. Voilà *mon* point de vue.

Ils se levèrent tous deux. Coplan, logeant sous son bras le paquet de journaux réuni à son intention, conclut :

— Vous me tirez une épine du pied. Salut, Winding.

— *Bye,* lança le reporter en se rasseyant.

*
* *

En regagnant son hôtel, Coplan se sentit vaguement frustré.

Winding représentait exactement le genre d'homme vénal et bien renseigné que Lefront aurait dû interroger, et il ne l'avait pas fait.

Qui d'autre, dans cette ville, l'avait mis sur la trace d'informations ignorées du grand public et susceptibles de provoquer un « immense » scandale ?

Il y avait pourtant une chose à retenir de cet entretien avec Winding : si la qualité du matériel ne devait pas être mise en cause, et si effectivement, comme le soupçonnaient Deprivat et Lefront, la panne avait été sciemment provoquée pour servir d'obscurs intérêts, *au moins un des techniciens avait agi sur ordre.* En sachant d'avance que cela m'entraînerait pas de conséquences graves pour le personnel et ne mettrait pas la population en péril.

Mais comment identifier ce ou ces individus parmi cent vingt, alors que les autorités n'envisageaient même pas qu'une erreur avait pu être commise ?

Rentré au *Nationwide,* Francis déjeuna au restaurant de l'hôtel, puis il monta dans sa chambre pour lire les violentes attaques de Winding.

Peu à peu, il découvrit que celles-ci mettaient nommément en cause une douzaine de techniciens, et entre autres Gordon, qui était particulièrement malmené.

L'argumentation semblait raisonnable, convaincante, étayée, mais le ton était véhément, plein d'indignation. Pouvait-on, cependant, en vouloir à l'auteur parce qu'il dénonçait le manque de qualification des opérateurs engagés par la compagnie exploitante ?

Après cette lecture, Coplan demeura songeur. Elle restreignait déjà le champ des possibilités,

en ce sens que le nombre des suspects se
réduisait à douze. Si ces lignes étaient tombées
sous les yeux de Lefront, il avait dû chercher à
isoler parmi eux le ou les suspects.

*
* *

A six heures tapant, Laura King se manifesta.
Coplan descendit dans le hall et vit avec plaisir
que la jeune femme s'était mise en frais. Elle
portait une tunique souple d'un bleu azur, serrée
à la taille, sur un pantalon noir satiné de style
bayadère, étroit aux chevilles, était chaussée
d'escarpins à haut talon. Admirablement
maquillée, coiffée avec soin, les ongles peints en
rose, elle aurait pu, dans cette tenue, aller à une
réception des plus huppées.

— Hello, fit-elle en couvrant la moitié du
chemin qui la séparait de Francis. Il vous va
bien, ce complet de coupe italienne.

Ils se prirent les mains pour se contempler
mutuellement, rirent ensemble.

— Venez, allons prendre un *drink,* proposa
Coplan. Cela nous permettra de fixer le programme de la soirée.

Tandis qu'ils se dirigeaient vers le bar, il
confia :

— Dites, Laura, cet Eddie Winding n'a pas
l'air aussi noir que vous me l'avez décrit. Je l'ai
vu ce matin.

Elle stoppa net, le dévisagea.

— Où ça ?

— A son journal. Je voulais lui tirer les vers
du nez, toujours à propos de l'accident.

— Et il vous a fait une bonne impression ? s'enquit-elle, à la fois narquoise et incrédule.

— Ce type aime le fric, sans doute, mais je crois que dans ses articles, il est sincère.

— Lui, *sincère* ? (Elle eut un bref petit rire de gorge.) Il est prêt à retourner sa veste n'importe quand, si cela sert ses intérêts. D'ailleurs, avant d'aller dîner, nous ferons un saut à mon appartement et je vous montrerai le tableau que j'ai fait de lui. Vous verrez comment je le vois, *moi !*

C'était exactement ce qu'espérait Francis.

CHAPITRE IV

Laura King habitait un bel appartement de trois pièces, avec un grand living, au 3e étage d'un immeuble qui avait dû être construit dans les années trente. En y pénétrant, on y décelait immédiatement les deux aspects de la personnalité de la locataire : son côté artiste, par l'agencement et la décoration, son réalisme et son efficacité par l'ordre qui y régnait.

Près d'une fenêtre en loggia trônait un chevalet supportant une toile blanche, vierge.

— Méfiez-vous, elle vous attend, signala Laura, mi-figue, mi-raisin. Tâchez de vous montrer sous votre meilleur jour.

— Il faudrait savoir ce qu'une femme entend par là, riposta Francis. En général, elles n'apprécient pas les enfants de chœur.

— Vous ne devez pas tomber dans cette catégorie-là, jugea la jeune femme avec espièglerie tout en allant ouvrir un placard à plusieurs battants. Prenez place, faites comme chez vous.

Penchée, elle passa en revue un certain nombre de toiles posées debout, en retira une d'environ 50 cm sur 60 qu'elle amena à la clarté.

— Voilà Eddie Winding, annonça-t-elle avec un air de défi.

Coplan, extrêmement perplexe, arqua les sourcils. Au sens propre, ça n'avait pas figure humaine. Cela représentait une sorte de sphère transparente dans laquelle baignaient, serrés les uns contre les autres et même enchevêtrés, des éléments divers qui devaient avoir une signification symbolique, groupés autour d'un énorme phallus vertical.

— Intéressant, jugea prudemment Francis, assez séduit par le choix des couleurs, mais qui pour rien au monde n'aurait voulu afficher une telle œuvre dans son appartement.

Pourtant, en y regardant de près, il était indéniable que Laura avait composé un portrait psychologique sommaire du modèle. Des chèques froissés traduisaient sa cupidité ; un serpent, la gueule ouverte, une méchanceté foncière au service d'un esprit retors ; un poignard planté dans un cœur, probablement sa cruauté, et ainsi de suite.

— Vraiment, vous n'avez pas une très bonne opinion de lui, reprit Coplan, les mains croisées. Etes-vous persuadée que sa personnalité est dominée par le sexe ?

— Certainement, affirma Laura, péremptoire. A ce cocktail, il observait les femmes comme s'il méditait de les violer, et de quelle manière. Autant vous dire que je n'ai pas été épargnée par son examen.

— Cela ne doit pas être mis, forcément, à son passif. Bref, à vos yeux, il demeure un salopard intégral ?

— Sans le moindre doute.

— Alors, n'en parlons plus. Mais je trouve que vous avez la dent dure... et beaucoup de talent.

— Vous dites ça pour me faire plaisir, dit Laura en allant remettre la toile dans le placard. J'ai bien vu votre tête quand vous avez subi le choc.

Coplan ne jugea pas utile de protester. La fille était perspicace. Plus que lui, sans doute, dans sa manière d'évaluer Winding. Il préféra changer de sujet :

— Allons dîner, à présent. J'adore votre intérieur, mais vous devez mourir de faim.

— Là, vous avez raison. Il n'y a plus une minute à perdre.

Ils se rendirent au *Quality Inn* de Allentown Boulevard, dont le restaurant était renommé. Cuisine recherchée, service impeccable, ambiance intime.

Ils bavardèrent à bâtons rompus, de bonne humeur, s'interrogeant mutuellement sur leurs goûts, leur façon de vivre, leur passé.

— C'est curieux, dit Laura à un moment donné. Vous me donnez l'impression d'être un homme très franc, et pourtant je ne vous vois pas dans la peau d'un marchand de pompes.

Le sourire de Coplan fit naître de petites rides au coin de ses yeux gris.

— Et moi, j'ai du mal à voir en vous une employée de banque. Qui peut se vanter d'avoir un métier conforme à sa personnalité, de nos jours ? Tenez, prenez Oliver Gordon. A mon avis, ce type n'était pas fait pour devenir ingénieur, et surtout pas dans cette branche-là. Il a les nerfs trop sensibles.

— Oui, c'est vrai, mais sa femme doit y être pour quelque chose, dit l'Américaine, le regard baissé sur son assiette. Nancy n'est pas le genre de fille qui lui convient. Comment l'avez-vous trouvée, elle ?

La sincérité de Coplan était mise, une fois de plus, à rude épreuve. De fait, l'épouse de Gordon lui avait paru physiquement excitante.

Il avança, plutôt brutalement :

— Elle est trop belle pour lui.

Laura lui décerna un coup d'œil pénétrant.

— Elle vous a plu ? s'enquit-elle, un peu acide.

Il afficha une mine détachée.

— Que voulez-vous que je vous dise ? Je ne lui ai pas adressé la parole de toute la soirée. Elle n'est pas désagréable à regarder, c'est tout.

— Auriez-vous eu l'envie de coucher avec elle ?

— Si vous n'aviez pas été là, peut-être.

Laura, partagée entre le ressentiment et l'émoi instinctif que provoquait en elle cet aveu détourné, murmura en cessant de fixer son interlocuteur :

— Voilà, je crois, l'anxiété permanente d'Oliver : il sait que la plupart des hommes voudraient s'envoyer sa femme, et il craint qu'elle soit tentée de leur accorder ce qu'ils espèrent.

Coplan posa la main sur le poignet de Laura.

— Voulez-vous me faire comprendre, en termes enveloppés, que Gordon est cocu ?

— Je n'en sais rien, je vous jure, mais il doit s'imaginer que s'il avait une meilleure situation, et s'il pouvait offrir à Nancy tout ce qu'elle désire, les risques seraient moins grands.

Un silence plana.

Francis reprit :

— Justement, j'aurais voulu le voir. Pourriez-vous me donner son adresse et son numéro de téléphone ?

— Pourquoi ? fit Laura, suspicieuse. En quoi peut-il vous intéresser, ce pisse-vinaigre ?

— Pour un motif bien simple : comme il va plaquer la compagnie, il sera plus enclin que d'autres à me déballer ce qu'il sait. Il était au cœur du problème, lui, quand les choses ont tourné mal. Et je ne sais toujours pas pourquoi cette satanée pompe s'est arrêtée subitement. Jimmy Wakeson n'a pas pu, ou voulu, me l'expliquer.

La jolie bouche de Laura fit une moue.

— Si ce n'est que ça, je veux bien vous aider, marmonna-t-elle, vaguement confuse. Il habite au 312 Highland Street, à Middletown. Son numéro : 944.1365.

— Vous êtes ma bonne étoile, affirma Francis tout en notant ces indications sur son calepin. Des Gordon, il doit y en avoir des dizaines dans l'annuaire, et je préférais ne pas demander ces coordonnées à Jimmy.

— Lui, au moins, c'est un gars droit comme la main, pas compliqué pour deux sous. Et Jessie, je la considère comme ma meilleure copine.

— Voilà une fille parfaitement équilibrée.

Elle doit descendre en droite ligne de la race des pionniers.

L'accord s'étant rétabli sur ce point, les deux convives achevèrent de dîner. Il n'était pas loin de 10 heures.

— Nous pourrions descendre à la discothèque, après le café, suggéra Francis avant d'allumer une Gitane, alors que Laura prélevait une Stuyvesant dans son paquet.

— J'ai trop bien mangé, répondit-elle. Ça ne me dit rien d'aller m'agiter dans ce vacarme. Et puis, vous savez que, sauf le samedi, je ne vais jamais au lit après 11 heures. Mais si je peux vous offrir un *night-cap* chez moi, volontiers.

— Okay pour moi.

Ils se regardaient, et une ombre passa fugitivement dans leurs prunelles, révélant une arrière-pensée qu'ils rejetèrent aussitôt.

Séduit par la beauté autant que par les façons directes de Laura, Francis se posait des questions à son sujet. Notamment sur l'impulsion qui l'avait incitée à peindre ce robuste pénis en plein milieu de la toile qu'elle avait consacrée à Winding.

Provocation esthétique ? Conviction intime que le personnage était centré sur son sexe ? Ou bien avait-elle éprouvé une satisfaction trouble en s'efforçant de l'imaginer dans sa réalité agressive tandis que son pinceau en dessinait les formes ?

— A quoi pensez-vous ? s'enquit-elle, amusée.

Il se gratta l'occiput.

— A votre toile. Elle me dérange.

— C'est ce que j'ai voulu. Mais après, je n'ai osé la montrer à personne, figurez-vous. Vous êtes le premier.

Il ne fit aucun commentaire, demanda l'addition.

Quelques minutes plus tard, ils sortirent de l'hôtel et montèrent dans le coupé de l'Américaine. Ce fut à peine s'ils échangèrent quelques mots durant le trajet, tout en goûtant pourtant le plaisir d'être ensemble.

Laura, maintenant, se demandait aussi ce qui l'avait poussée à montrer ce tableau au Français. Etait-ce vraiment parce qu'elle avait voulu lui exprimer le mépris dans lequel elle tenait le journaliste ou, par une sorte de forfanterie déplacée, pour prouver qu'elle n'avait ni complexes, ni préjugés ?

Une légère contrainte pesa lorsqu'ils se retrouvèrent dans l'appartement. Pour la dissiper, Laura commença par mettre un disque de jazz sur la platine, régla le volume du son, puis s'enquit en se tournant vers Francis :

— Qu'est-ce que je vous sers ? Cognac ? Scotch ?

— Un scotch très arrosé, sans glaçons.

Cette fois, il alla s'asseoir sur le canapé.

— Je vais prendre la même chose que vous, dit-elle en apportant deux verres et une carafe à gros bouchon de cristal.

Elle s'en fut encore à la cuisine, en ramena une autre carafe remplie d'eau naturelle. Puis, s'étant assise à côté de Coplan, elle se mit en devoir de verser le whisky dans les verres. Quand ce fut terminé, elle proposa :

— Dosez l'eau vous-même. Moi, c'est moitié-moitié.

Soudain, dans un chuchotement :

— Vous ne m'en voulez pas ?

Il tourna son visage vers elle.

— Pourquoi ? fit-il, apparemment étonné.

— Pour... pour cet essai. Il vous a paru pornographique, peut-être ?

— Sûrement pas. Seulement, comme toute œuvre, votre toile trahit l'artiste en même temps qu'elle dépeint le modèle.

— Qu'entendez-vous par là ?

— Qu'il vous arrive de rêver, et que vous projetez inconsciemment vos fantasmes, dit Francis en prenant Laura dans ses bras.

Et avant qu'elle eût pu répondre, il lui posa sur les lèvres un baiser beaucoup plus appuyé que celui de la veille. Elle ferma les yeux, lui mit un bras autour du cou et s'abandonna à son étreinte.

Quand, au bout de longues secondes, leurs bouches se séparèrent tout en restant très proches l'une de l'autre, Laura souffla :

— Ce ne sont pas des fantasmes. Winding doit en avoir une grosse comme ça. Et vous aussi.

— C'est bien ce que je me disais : vous ne pensez qu'à ça, persifla-t-il avec bonhomie tout en glissant sa main entre les cuisses de la fille pour caresser, à travers le tissu, la molle langueur de son sexe.

Il l'embrassa de nouveau, cherchant sa langue. Elle la lui offrit avec une ardeur perverse, décidée à déchaîner sa sensualité, tout en le tâtonnant. Fébriles, ses doigts localisèrent son membre, l'enserrèrent pour en éprouver la longueur et la dureté. Ce contact la mit en transes : les yeux de Laura chavirèrent et sa respiration s'accéléra. Subitement, ses lèvres se détachèrent de celles de Francis, prononcèrent :

— Viens dans ma chambre, donne-le-moi.

Titubants, ils passèrent dans une pièce contiguë, se dépouillèrent de leurs vêtements en quelques secondes et s'abattirent, agrippés, sur le grand lit rose aux montants capitonnés. La fille lâcha un gémissement comblé lorsqu'elle fut pénétrée par cette verge puissante et volontaire qui voulait s'enfoncer au plus profond d'elle-même. S'offrant toute à son agressivité, elle bégaya d'une voix enivrée :

— Il est fort, chéri. Pousse-le bien, fais-moi mal.

Francis, captivé par l'avidité dévorante de sa partenaire, se domina pour ne pas succomber trop vite. Tout en la prenant par de longues pulsions régulières, sans discontinuer, il happa de nouveau ses lèvres et les viola si bien que les sensations voluptueuses de Laura se muèrent très vite en une jouissance presque insoutenable.

Bâillonnée, elle geignit à petits cris de plus en plus aigus, affolés, alors même qu'elle favorisait activement la punition qu'elle subissait. Cette joute se prolongea de longues minutes, entre-coupée de quelques répits qui préludaient à d'autres assauts.

Finalement, Laura connut une extase fulgurante quand elle recueillit en elle les spasmes

électrisés de son amant. Puis tous deux demeu-
rèrent longtemps confondus dans leur plaisir,
épuisés par une tension excessive de tout leur
être.

Lorsqu'ils eurent pleinement repris leurs
esprits, et après qu'il se furent regardés avec une
tendre complicité, Francis demanda sur un ton
amical :

— Depuis quand n'avais-tu plus fait l'amour ?

Se pelotonnant contre lui, elle avoua :

— Presque un an.

— Maintenant, je comprends mieux, murmura-t-il en l'entourant d'un bras charitable.

Ils savourèrent un repos euphorique tandis
que leurs pensées vagabondaient. Francis finit
par remarquer :

— Il est onze heures passées. Il va falloir que
je m'en aille.

— Reste, chuchota Laura.

* *
*

Le lendemain matin, il partit avec elle. Elle le
déposa en cours de route, sur le trajet conduisant à la banque, près d'un stationnement de
taxis. Un peu sonné par une nuit trop courte et
tumultueuse, il rentra à son hôtel vers neuf
heures du matin.

Sacrée Laura. Il ne savait plus très bien où il
en était. Son premier soin fut de faire monter un
pot de café noir.

Il voulut remettre de l'ordre dans ses pensées
mais dut constamment chasser les images éroti-
ques qui l'assaillaient. Elle avait eu le diable au

corps, la sympathique Laura et elle s'était furieusement dédommagée de sa longue période de chasteté.

Elle devait avoir été dans un état second, le jour de ce cocktail, quand à peine rentrée chez elle elle s'était mise à peindre. Les regards trop salaces de Winding l'avaient troublée plus qu'elle ne voulait l'admettre, bien qu'elle ne pût souffrir cet individu. Et depuis, sa toile la hantait.

Mécontent d'être ramené à ce sujet contre son gré, Coplan alluma sa première cigarette de la journée et s'efforça de se concentrer sur ses devoirs professionnels.

Primo, il était temps d'envoyer un télex à Deprivat, ne fût-ce que pour lui annoncer qu'il n'avait pas progressé d'un pas.

Secundo, Oliver Gordon.

A son propos, Francis n'avait pas dit la vérité à Laura. Il s'intéressait à cet ingénieur pour une autre raison, et ce que la jeune femme lui avait rapporté sur Nancy n'avait pas modifié son optique, au contraire.

Coplan consulta son calepin, y retrouva le numéro des Gordon.

Il l'appela aussitôt ; ce fut une voix féminine qui répondit.

— Mrs Gordon ?

— Oui.

— Peut-être vous souvenez-vous de moi ? Je suis le Français qui avait été invité chez Jimmy Wakeson, l'autre soir.

— Oh ! Mais bien sûr ! Vous vous appelez Francis, n'est-ce pas ?

(On eût dit qu'elle était au comble du ravisse-

ment tant les inflexions de sa voix étaient
mélodieuses.) Que puis-je faire pour vous ?

— J'aimerais avoir une entrevue avec votre
mari, si c'est possible.

— Rien de plus facile, Francis. Il dort en ce
moment parce qu'il a effectué le service de nuit,
mais si vous pouvez venir chez nous cet après-
midi, il se fera un plaisir de vous recevoir.
Connaissez-vous notre adresse ?

— Oui, je l'ai. Vers 3 heures, cela vous
conviendrait-il ?

— Parfaitement. Nous vous attendrons.

— Merci. A tout à l'heure, Mrs Gordon.

— Appelez-moi Nancy, voulez-vous ?

— Avec plaisir. Salut, Nancy !

Il raccrocha, se disant que cette mauvaise
langue de Laura devait avoir vu juste. A en
juger par la tonalité des paroles de la femme de
l'ingénieur, celle-ci n'était certes pas d'un abord
difficile, ni d'une vertu inattaquable.

Il descendit dans le hall afin d'expédier son
telex et s'offrit ensuite une balade au grand air,
en voiture.

Si encore Lefront avait indiqué les personnes
qu'il avait contactées à Harrisburg, la filière
aurait pu être reconstituée un peu plus aisément.
Mais le malheureux ne pouvait pas prévoir ce
qui l'attendait, évidemment...

Après une excursion dans la région plus
montagneuse et boisée qui s'étend au nord de la
ville, Coplan revint au *Nationwide* à l'heure du
déjeuner.

A son retour de chez les Gordon, il question-
nerait quand même des employés de l'hôtel.

* *
*

Le couple l'accueillit avec cordialité, comme s'il était une vieille connaissance, dans une demeure qui avait beaucoup de points communs avec celle de Jimmy Wakeson : même standing petit bourgeois, même confort, pièces bien éclairées. Mais ici, elles étaient moins bien entretenues. Et il n'y avait ni chien, ni enfant.

— Avant-hier, je n'ai guère eu l'occasion de bavarder avec vous, dit Coplan en s'adressant au quadragénaire. Au risque de vous importuner, je voudrais vous demander si l'on sait à présent pourquoi cette foutue pompe du secondaire a cessé de marcher.

Oliver et Nancy avaient pris place sur le canapé, à chaque bout, de manière à bénéficier chacun d'un accoudoir.

La femme devait avoir, au minimum, une douzaine d'années de moins que son époux. Brune, taille fine, buste généreux, longues et jolies jambes mises en valeur par des sandales rouges à haut talon, vêtue d'une robe d'été qui découvrait ses genoux, elle avait un de ces visages un peu trop parfaits qu'on voit dans la publicité pour des marques de rouge à lèvres : un front lisse légèrement bombé, des joues plates encadrant une bouche ourlée, légèrement boudeuse, un nez droit aux narines frémissantes. Mais, curieusement, une expression absente ternissait son regard et estompait les attraits de sa physionomie, ce qui donnait à penser qu'elle avait un caractère dissimulé.

Répondant à la question de Francis, Oliver Gordon déclara :

— Oui, nous le savons. En réalité, ce n'est pas la pompe elle-même qui a grippé, mais le moteur auquel elle est accouplée. Son rotor a chauffé, les disjoncteurs ont fonctionné et tout s'est arrêté. Un incident tout à fait banal, en somme.

Nancy s'informa :

— Est-ce qu'une tasse de café vous ferait plaisir ?

— Oui, volontiers, dit Coplan avant de reprendre sa conversation avec Oliver.

Les deux hommes évoquèrent la cascade d'événements désastreux qu'avait provoqués cette panne initiale mais, insensiblement, Coplan amena le débat sur un plan moins technique.

Nancy, après avoir rempli les tasses, s'était rassise les jambes haut croisées et elle contemplait son hôte comme un chat observe la pluie.

— Ainsi, vous estimez que la vie est devenue intolérable pour vous à Middletown ? enchaîna Francis d'un air contrarié, les mains jointes.

— Oui, c'est sûr, acquiesça sombrement Gordon. Aux yeux des gens d'ici, nous faisons presque figure d'assassins. Laura avait raison, l'autre soir : ce Winding en est grandement responsable. Il n'a pas cessé de nous clouer au pilori.

— Mais, en quittant Middletown de votre propre gré, ne craignez-vous pas d'alimenter ses accusations ? Votre départ risque d'être interprété comme un aveu de responsabilité.

Le faciès déjà normalement sévère d'Oliver Gordon se contracta.

— Qu'il aille au diable ! proféra-t-il. Je me fiche complètement de ce qu'il en pensera, et des autres avec ! Tôt ou tard, la compagnie nous laissera tomber car il lui faudra des boucs émissaires. Pas vrai, Nancy ?

Sa femme approuva de la tête et s'anima un peu :

— Oliver est un bon ingénieur électricien, il trouvera toujours un job ailleurs, croyez-moi. En mettant les choses au mieux, la compagnie finira par le muter dans un bled quelconque, près d'une autre centrale. Moi, j'en ai assez aussi, je ne vous le cache pas. J'ai eu peur comme tout le monde.

Coplan demanda négligemment à Oliver :

— Dans quelle région espérez-vous trouver un autre emploi ?

Nancy devança son mari :

— Du côté de Philadelphie. Par une agence, nous avons déjà pu louer un bungalow un peu plus luxueux que celui-ci.

Oliver lui décocha un regard mécontent mais reporta aussitôt les yeux sur Francis et grommela :

— Au moins, on n'aura pas la satisfaction de me virer, vous comprenez ? Je vous parie que quelques-uns de mes collègues regretteront de ne pas m'avoir imité.

— Oui, peut-être n'avez-vous pas tort, concéda Francis.

Puis, comme si la chose lui venait soudain à l'esprit :

— Tiens ! Un autre Français n'est-il pas venu vous casser les pieds à propos de cette histoire ? Il voulait aussi récolter le plus de renseignements possible, mais pas auprès des dirigeants de la compagnie ou de la C.R.N.

— De qui parlez-vous ? questionna Gordon, réservé.

— D'un nommé Lefront, un journaliste.

Nancy battit des cils et garda son expression apathique. Quant à Oliver, après avoir froncé les sourcils, il fit un signe négatif.

— Jamais vu ce gars-là, assura-t-il en appuyant ses deux mains sur ses genoux.

CHAPITRE V

Coplan ne parut pas attacher de l'importance à la réponse de Gordon.

— En tout cas, cet accident n'a pas fini de faire couler beaucoup d'encre, conclut-il. Tout le monde en a tiré des enseignements et cela contribuera à améliorer la sécurité des installations. Ceci dit, je ne veux pas vous retenir plus longtemps.

— Vous partez déjà ? s'étonna Nancy. Etes-vous si pressé ? Vous ne nous avez pas parlé de vous, de votre pays.

L'infime trace d'agacement qui teinta les traits d'Oliver n'échappa pas à Francis, qui répondit sur un ton désinvolte :

— J'espère que nous aurons encore l'occasion de nous revoir. Je compte rester quelques jours à Harrisburg.

Décidé à s'en aller, il se leva, obligeant le couple à en faire autant.

— Merci, Gordon. Je vous souhaite de repartir d'un bon pied quand vous serez à Philadelphie.

Puis il serra la main de Nancy, une main

douce et tiède qui comprima la sienne d'une manière légèrement insistante.

— Peut-être pourrez-vous venir dîner un soir ? suggéra-t-elle. Il n'y a pas beaucoup de distractions dans la région. Passez-nous un coup de fil si vous êtes libre.

— Promis, acquiesça Francis.

Tandis qu'il roulait vers Front Street, quelques minutes plus tard, il éprouvait des sentiments mitigés.

Oliver Gordon était un jaloux qui devait avoir de sérieuses raisons de l'être, et d'une. Il avait — très probablement — menti quand il avait prétendu ne pas connaître Lefront, et de deux. Son geste de s'appuyer sur ses genoux avait été destiné à éviter le tremblement excessif de ses mains. Enfin, son désir de s'établir ailleurs ne résultait sûrement pas des motifs qu'il avait invoqués : on ne loue pas les yeux fermés une maison plus confortable, près d'une grande ville où les loyers sont plus élevés, quand on est nanti d'une jeune femme volage, volontiers dépensière, et en ayant pour seule perspective une période de chômage de durée indéterminée.

Rentré au *Nationwide,* Coplan passa devant le kiosque à journaux. Alors qu'il allait demander sa clé au concierge, il tomba en arrêt devant une manchette du *Harrisburg Star :* « Three Mile Island : Ce n'était pas une erreur humaine ! »

Il acheta le quotidien et monta dans sa chambre, intrigué au plus haut degré. En lisant l'article, son étonnement ne cessa de croître : le rapport de la Commission du Congrès, publié la veille, concluait que l'accident avait été dû principalement au mauvais fonctionnement des instruments de contrôle, et non pas à des fausses manœuvres commises par les opérateurs du centre (1).

Un comble ! Ceci contredisait complètement les déclarations recueillies « à chaud » par les premiers experts, ainsi que les témoignages de certains ingénieurs de l'usine. Et infligeait un démenti officiel aux thèses soutenues par Eddie Winding.

Du côté des commissions d'enquête, on n'en était plus à une contradiction près ! Dans son for intérieur, Coplan eut le sentiment très net qu'on s'efforçait, par tous les moyens, de noyer le poisson.

Avant même de se payer une cigarette, il forma le numéro des Gordon. Cette fois, il eut d'emblée l'ingénieur au bout du fil ; la façon plutôt hargneuse dont celui-ci lança « Hello » pouvait laisser supposer qu'une scène se déroulait entre lui et Nancy.

— Une bonne nouvelle pour vous, annonça Francis d'une voix joviale. Avez-vous vu la dernière édition du « Star » ?

— Non. Pourquoi ?

— Parce que le rapport de la Commission du Congrès blanchit définitivement le personnel de la centrale.

— Ah ? lâcha Oliver, déconcerté. Vous en êtes sûr ?

— Attendez, je vous lis le papier.

Quand il eut terminé sa lecture, il ajouta :

---

(1) Authentique. Ce rapport a été connu le 21 mai 1979.

— Qu'est-ce que vous en dites ? Il y a là de quoi clore le bec à Eddie Winding et provoquer un revirement dans la population, non ?

— Oh, ça reste à voir, émit Gordon sur un ton pessimiste. On va prétendre que les membres de cette commission ont subi des pressions, qu'après les attaques de Winding la compagnie n'avait d'autre ressource, pour esquiver sa responsabilité, que de défendre son personnel en rejetant tout sur la société constructrice.

Il y eut un silence, puis Coplan demanda :

— Alors, la publication de ce rapport ne va pas vous faire changer d'avis ?

— Non. Pour moi, les dés sont jetés. J'avais déjà envoyé ma démission à la compagnie et je ne vais pas m'abaisser à la reprendre. De plus, j'ai signé ce contrat de location. Mais c'est aimable à vous de m'avoir prévenu.

— Il n'y a pas de quoi. Salut, Gordon.

Coplan raccrocha, méditatif.

*
* *

Ce soir-là se tint une réunion, convoquée d'urgence, dans le local du « Comité de Sauvegarde pour la Sécurité publique », le C.S.S.P. comme l'appelaient les adhérents. Il y avait là une trentaine de personnes assises sur des rangées de chaise, face à une estrade surmontée d'une table derrière laquelle trônait Buck Martin, le président de la section locale du mouvement.

Il commença son discours en déclarant :

— Je regrette que nous ne soyons pas plus

nombreux, mais il est compréhensible que la majeure partie de nos membres n'aient pas pu se libérer en temps voulu. Néanmoins, vous devinez tous que nous sommes contraints de prendre position immédiatement à l'égard de ce rapport de la Commission du congrès.

Buck Martin était un homme corpulent, compassé, d'une cinquantaine d'années, portant une cravate et s'exprimant sur un ton mesuré. Il avait un cabinet d'assurances, était père de trois enfants et, depuis une dizaine d'années, il militait en faveur de l'écologie. Par des méthodes pacifiques : information du grand public, manifestations, actions légales contre des décisions des autorités susceptibles de porter atteinte à l'environnement. Mais le C.S.S.P., en dépit de tous les artifices de procédure, n'avait pu empêcher l'édification de la centrale de Three Mile Island.

Martin poursuivit :

— Ce rapport va à l'encontre de tout ce que nous avons appris jusqu'à présent, et je dirais même qu'il constitue un défi au bon sens. Maintenant, tout à coup, les opérateurs sont innocentés, et l'on incrimine uniquement les défaillances des instruments de contrôle ! Or, il est solidement établi que l'accident a été dû à une malencontreuse conjugaison de négligences humaines et d'imperfections mécaniques, lesquelles se sont révélées, non seulement dans le centre de surveillance mais aussi en divers points de l'installation. Dans quel but veut-on à nouveau tromper nos concitoyens ?

Il allait fournir lui-même la réponse à cette

question lorsque Sonny Fontana se leva pour lancer :

— La compagnie exploitante bénéficie d'appuis en haut lieu ! Ce rapport lui permettra de poursuivre ses activités criminelles !

Le gauchiste était accompagné de camarades qui approuvèrent bruyamment ses paroles, alors que les autres assistants demeuraient silencieux.

Buck Martin reprit :

— Evitons les formules outrancières, Mr. Fontana. Selon moi, on veut tout simplement minimiser l'affaire, l'embrouiller au point de faire croire que, finalement, seule la fatalité aurait joué. Mais que nous importe, à nous, qu'une pompe, une valve, un manomètre ou un opérateur incompétent aient été la cause du désastre ? Quoi qu'il en soit, le drame s'est produit, et nous devons empêcher à tout prix qu'il se renouvelle. Je pense que tout le monde sera d'accord là-dessus ?

Un brouhaha s'éleva, qui marqua l'adhésion de la majeure partie de l'assemblée, mais Sonny Fontana rétorqua sur un ton agressif :

— Comment comptez-vous l'empêcher, hein ? En promenant une fois de plus des pancartes et des banderoles ? Il faut passer à l'action directe, violente et révolutionnaire !

Le clan de ses amis, plusieurs garçons et filles à l'allure débraillée, clamèrent aussitôt leur soutien à cette formule et se mirent à scander des slogans. Le président eut du mal à ramener le calme.

— Personnellement, je m'oppose à tout moyen d'action qui serait illégal, riposta-t-il fermement. Nous vivons en démocratie, nous pouvons faire valoir nos droits en utilisant la Constitution et le code civil.

— Vous faites le jeu du pouvoir, qui est à la solde des capitalistes et des monopoles ! vociféra Fontana. Si nous devons respecter leurs règles, nous serons toujours baisés ! Une bombe fait un meilleur travail que cent mille pétitions !

— Mr. Fontana, les luttes que nous avons menées jusqu'à présent ont porté leurs fruits à l'échelon fédéral sans que nous ayons eu besoin de recourir au terrorisme ! renvoya Buck Martin, rouge d'indignation. Ce mouvement n'est pas une tribune de propagande politique, ni une entreprise de chambardement de notre société.

Appuyés par les uns, conspués par les autres, ces propos avaient provoqué un tumulte. Les tenants du groupe gauchiste et ceux de la ligne modérée ne tardèrent pas à échanger des invectives. Certains en seraient même venus aux mains si la sirène d'une voiture de patrouille, passant à proximité du local, n'avait tempéré leurs velléités combatives.

Tapant à coups redoublés sur la table à l'aide de son maillet présidentiel, Buck Martin réussit à rétablir le silence.

— Ceux qui n'entendent pas se rallier aux motions votées démocratiquement par la majorité ont toujours la faculté de démissionner et de créer un autre mouvement, déclara-t-il sur un ton acerbe. On verra bien vite quels succès ils remporteront, eux !

La faction extrémiste exhala encore quelques signes de mauvaise humeur mais s'abstint d'envenimer le débat. Fontana et sa bande savaient jusqu'où ils ne devaient pas aller trop loin.

Une jeune femme du nom de Faye Emerson demanda la parole.

— J'estime que la première chose à faire serait d'envoyer à la presse une étude montrant les divergences des experts, suggéra-t-elle. Les conclusions de la Commission de la Réglementation nucléaire et celles de la Commission d'enquête du Congrès sont quasiment opposées. La population de cet Etat doit se rendre compte qu'on se moque d'elle !

Là, l'unanimité se fit, et Martin proclama :

— Vous avez pleinement raison, Miss Emerson. C'est ce que je voulais proposer en premier lieu. Je demande un vote à main levée en faveur de votre motion. Qui est pour ?

La totalité dcs assistants émit un vote positif.

— Bien, fit Buck Martin. Le plus qualifié pour en rédiger le texte serait, à mon avis, Eddie Winding, du *Harrisburg Star.* Dois-je le contacter ou préférez-vous que l'étude soit faite par des membres de notre association ?

Beaucoup estimèrent que Winding, en raison de sa campagne antérieure, était le mieux placé. Il y allait de son honneur professionnel, puisque le rapport, indirectement, l'accusait de mensonges.

Néanmoins, Fontana crut bon de maugréer :

— Winding est un pourri. Il a enfoncé les travailleurs de la centrale pour défendre les intérêts des puissances d'argent.

Buck Martin fit mine de ne pas l'avoir

entendu. Un second vote entérina le projet de confier à Winding la réfutation du rapport.

Ensuite, il fut convenu qu'une manifestation devrait avoir lieu dans la ville ; son thème serait axé sur le manque de crédibilité des informations diffusées par les organismes supposés les plus intègres et les plus savants. Quant à la date, elle fut fixée au premier dimanche de juin. Pour donner à cette démonstration toute l'ampleur souhaitable, des tracts seraient distribués et affichés préalablement. Le cortège irait jusque devant la centrale, sur la rive droite du fleuve en face de l'île.

Buck Martin s'engagea à promouvoir des actions de solidarité le même jour dans d'autres États et, en particulier, à mobiliser dans cette campagne la puissante section de New York.

Sur quoi, la séance fut levée.

Sonny Fontana et ses disciples, accompagnés de leurs petites amies, enfourchèrent alors leurs motos et gagnèrent un endroit de la banlieue nord, un bar routier doté de nombreux flippers où ils étaient les rois.

Fontana, un grand gaillard aux cheveux longs, moustachu et barbu à la « Che Guevara », vêtu d'une chemise à carreaux large ouverte sur un poitrail velu, ne dissimula pas sa rogne et sa déception.

— On n'en a pas fini, les gars, grommela-t-il après que la bande se fût attablée. Le C.S.S.P. est farci de bourgeois. Je me demande si nous parviendrons jamais à y faire prévaloir notre point de vue. Vous avez vu ça, tout à l'heure ?

Andy Steward, son meilleur copain, l'intellec-
tuel du groupe, dit sur un ton traînant :

— Tu t'y prends mal, Sonny. D'abord, tu
démasques trop franchement tes batteries, et ça
les offusque, ces cons. Ensuite, nous devrions
changer de tactique : on devrait recruter des
jeunes, les faire adhérer au mouvement. Les
infiltrer, si tu veux. Et puis, déboulonner Buck
Martin, le remplacer par un sympathisant. Ce
coup-là, on peut le réussir. Après, nous jouerons sur le velours.

— Mais ça va prendre combien de temps, à
ton avis ?

Andy Steward eut une mimique désabusée.

— Un an... Deux ans ? Qu'est-ce que ça peut
foutre ? On a l'avenir devant nous. L'important,
c'est de finir par gagner. Nulle part, ça ne va
vite. Il n'empêche que bien des associations sont
déjà convenablement noyautées, et pas des
petites.

— Moi, ces réunions d'enfants de chœur me
tapent sur le système, avoua Fontana. On
devrait s'y amener un jour avec des matraques,
question d'en dégoûter quelques-uns.

— Tu débloques, affirma Steward en retirant
un « joint » de sa poche de poitrine. Tu vises
l'efficacité, ou merde ? Alors, apprends à fermer
ta grande gueule. Le vrai travail, ça se fait en
douce, par en dessous. Et si tu as envie de te
défouler, rien ne t'empêche de mettre ta pine au
cul de Faye Emerson, mais pour le reste, en
public, vas-y mollo.

Les filles eurent de petits rires excités à l'idée
que la vertueuse Faye, convenable, propre et

tout, pourrait se faire sauter par ce macho de Sonny. Elle gueulerait, pour sûr !

— On lui tiendra les genoux, ricana Susan Winter. A travers elle, tu baiseras tout l'*establishment*.

Sonny parut considérer cette éventualité avec plaisir. Ses ongles noirs grattèrent sa poitrine tandis que son faciès se détendait.

— Pas une mauvaise idée, convint-il. Elle vaut le coup, cette conne, avec ses grandes lunettes.

Puis, revenant à sa discussion avec Andy Steward :

— Pour cette manif, on tâchera quand même d'y mettre un peu d'animation, hein ? Il faudra rassembler des boulons et des manches de pioche pour taper sur la gueule des flics. Ce serait marrant s'ils embarquaient Buck Martin, non ?

*
* *

Ce même soir, Coplan avait dîné chez Laura car elle avait tenu à lui montrer ses talents culinaires. Cependant, la préparation du repas avait subi un peu de retard. Comme Laura portait une jupe, et qu'ils étaient enfiévrés tous les deux, le canapé avait suffi pour les rapprocher en une rapide étreinte : bousculée à l'improviste la tête en avant, prise à la hussarde, Laura, les dents serrées pour ne pas crier son plaisir, avait follement apprécié les façons cavalières de son compagnon.

Maintenant, arrivés au dessert, ils bavardaient

sans contrainte. La sonnerie du téléphone contraignit soudain Laura à quitter la table.

— Oui, dit-elle dans l'appareil. Bien sûr, que je suis chez moi !

— ...

— Non, hier j'étais sortie, effectivement. Pourquoi voulais-tu me joindre ?

— ...

— J'étais avec lui, figure-toi. Ça t'ennuie ?

La réponse du correspondant fut assez longue.

— Ah ? Je ne sais pas, dit Laura, le front plissé. Après tout, qu'est-ce que ça peut te faire ?

— ...

— Si tu veux, mais téléphone avant car il n'est pas certain que je serai libre.

— ...

— Okay. *Bye !*

Laura revint s'asseoir et annonça :

— C'était Gene Cohn. Tu te souviens ? Le gars qui était chez Jimmy et Jessie, avant-hier.

— Oui, je vois, dit Francis. Qu'est-ce qu'il te voulait ?

— Il m'a demandé si je t'avais revu, émit la jeune femme avec un sourire ambigu. Tu sais, je crois qu'il a des visées sur moi.

— Je n'en serais nullement étonné. Ça prouve qu'il a bon goût, ce garçon.

— Salaud, murmura-t-elle. J'ai tout de même préféré ne pas lui dire que tu étais ici.

— Tu as bien fait.

Laura lui jeta un coup d'œil en coulisse, reprit :

— Il m'a aussi demandé si tu étais allé chez Oliver Gordon. Y es-tu allé ?

Coplan releva la tête pour fixer l'Américaine.

— Oui, cet après-midi. Pourquoi ?

Elle haussa les épaules.

— Je n'en sais rien, il ne m'a pas donné d'explication.

Coplan tira de sa poche son paquet de Gitanes, en alluma une.

— Je devrais peut-être l'interviewer aussi, celui-là, supputa-t-il en exhalant de la fumée.

— Tu perdrais ton temps. Il n'était pas à Harrisburg à l'époque de l'accident. A vrai dire, il a commencé à travailler à la centrale quinze jours après.

— Ah bon ? C'est donc un nouveau venu, en quelque sorte ?

Laura approuva de la tête et remarqua, un peu soupçonneuse :

— Tu ne m'avais pas dit que tu avais rendu visite aux Gordon. Oliver était là, au moins ?

— Oui, et Nancy aussi.

— Elle t'a fait du plat ?

— Très discrètement. Juste assez pour me convaincre que tu devais avoir raison, en ce qui la concerne.

Laura, satisfaite, murmura :

— Je suis persuadée que c'est une pute. Je n'en ai pas de preuve, mais je le sens.

— Dans le ménage, c'est elle qui doit mener la barque. Ils vont s'installer à Philadelphie.

— A-t-il pu te donner des tuyaux ?

— Un seul, qui m'a paru valable.

— Comptes-tu les revoir ?

— Nancy m'a proposé de dîner chez eux, un de ces jours, mais je ne me suis pas engagé.

Laura pinça les lèvres en le regardant.

— Elle ne t'aurait pas filé un autre rendez-vous, des fois ?

— Ma chérie, tu es drôlement obsédée, souligna Coplan, paterne. La vie sexuelle des autres te préoccupe trop. Non, Nancy m'a seulement suggéré de lui téléphoner. Ceci posé, je ne vois pas trop ce qui les pousse, son mari et elle, à vouloir quitter Middletown à toute force.

— Peut-être qu'il a des remords ? A la centrale, il a dû commettre une gaffe qu'il ne parvient pas à digérer.

— Tu n'as pas lu le « Star » ? A présent, tout le personnel est blanc comme neige, paraît-il. Alors, quelque chose ne colle pas.

Laura, indécise, fit une moue perplexe et conclut :

— Qu'ils se débrouillent, c'est leur affaire. Tu veux du café ?

— Volontiers.

Il la suivit à la cuisine, s'appuyant du coude au chambranle de la porte, il articula :

— Si nous reparlions de Gene Cohn ? Est-ce qu'il ne coucherait pas avec Nancy, lui, par hasard ?

Laura, bouche bée, tourna la tête vers lui.

— Que vas-tu imaginer ? reprocha-t-elle. Cette fois, c'est toi qui inventes des histoires.

— Pas tellement. Pourquoi, autrement, s'intéresserait-il au fait que je sois allé chez les Gordon ?

La jeune femme demeura silencieuse, confusément vexée, ne trouvant pas de réponse. Elle dut cependant admettre *in petto* que si Gene lui faisait la cour, il pouvait aussi guigner Nancy, ce faux jeton. Et être doublement inquiet de la présence d'un autre larron dans les parages.

— Oui, c'est possible, reconnut-elle enfin. Au fond, voilà peut-être qui explique le reste. Il ne serait pas étonnant qu'Oliver veuille partir parce qu'il a découvert une idylle entre Nancy et Gene. Tu as vu comme il était de mauvais poil chez Jimmy ?

— Hum, ouais. Mais si sa femme le trompe ici, elle aura encore plus de facilités à Philadelphie. Oliver ne choisit pas la bonne solution.

Il était loin d'exprimer toute sa pensée.

Des choses étranges se passaient dans ce patelin. Chacun lui faisait bonne figure, se montrait désireux de coopérer. Pourtant, il subodorait que des liens secrets devaient exister entre des gens qu'il avait côtoyés.

La bouilloire se mit à siffler. Laura versa de l'eau sur le café en poudre dont elle avait mis une bonne cuillerée dans les deux tasses.

— Allez, barre-toi, intima-t-elle à Francis sur un ton amical. Allons déguster ce nectar sur le lieu de tes exploits. Je débarrasserai la table plus tard.

Il obtempéra, l'air insouciant mais envahi par une quasi-certitude : Oliver Gordon avait dû se laisser acheter pour détériorer adroitement certains appareils de la centrale.

CHAPITRE VI

Le lendemain matin, à son hôtel, après avoir déjeuné mais avant d'entamer sa toilette, Coplan se munit de l'annuaire téléphonique des abonnés classés par professions. Sous la rubrique « Electronique », il releva et nota quelques adresses de commerçants, selon leur spécialisation.

La radio de sa chambre diffusait une musique douce, du jazz comme on n'en entend plus en Europe, égrenant les increvables succès de Cole Porter, Gershwin et autres Irving Berlin.

Bercé par ces mélodies surannées, Francis passa dans la salle de bains et entreprit de se raser, fastidieuse corvée quotidienne propice à la méditation.

Pas de doute, il allait s'occuper très sérieusement des Gordon. Laura avait eu un mot significatif en parlant de remords. L'état nerveux de l'ingénieur résultait de sa mauvaise conscience, non des frasques éventuelles de son épouse. Pour la première fois de sa vie, probablement, ce type avait dû accepter un marché peu reluisant, mais rémunérateur.

Paralyser de façon experte une centrale de 700 millions de dollars, ça ne se fait pas pour des clopinettes.

La musique cessa de jouer et le présentateur de la radio annonça sur un ton enjoué le bulletin d'information. Coplan, en train de répandre une seconde dose de crème sur son visage encore râpeux, n'y prêta qu'une oreille distraite : météo peu encourageante, cours de bourse en hausse, extraits d'un discours du Président à Los Angeles.

« Dernières nouvelles de Harrisburg : hier soir, vers 22 h 30, un technicien de la centrale de Three Mile Island a été abattu à coups de pistolet près d'une cabine téléphonique...

Le rasoir que tenait Francis se détacha de sa joue, resta en suspens.

... Atteint d'une balle dans la tête et d'une autre dans la poitrine, l'homme a été tué net. L'auteur du meurtre n'a été aperçu par aucun témoin. La police ignore le mobile auquel il a pu obéir, d'autant plus que la victime s'était installée récemment dans la région. Il s'agit d'un nommé Gene Cohn, né à Philadelphie en 1949. Toute personne susceptible de fournir des renseignements sur ce crime est priée de se mettre en rapport avec la police du comté. Actualité sportive : l'équipe de base-ball de... »

Coplan, les traits fermés, alla éteindre le récepteur.

22 h 30. Donc, juste après le coup de fil qu'avait reçu Laura. Que faisait le technicien dans la rue à cette heure-là, et pourquoi avait-il appelé d'une cabine ?

Pris au dépourvu par cet événement, Coplan acheva sa toilette de la façon la plus machinale.

Laura allait être atterrée.

Il fut tenté de l'appeler séance tenante à la banque pour lui apprendre la nouvelle, tergiversa, se dit finalement que rien ne brûlait. Il ne devait pas avoir l'air de prendre au tragique la mort d'un type qu'il connaissait à peine.

Mais pourquoi les dernières préoccupations de Gene Cohn lui avaient-elles été consacrées, ainsi qu'aux Gordon ?

Ceci, en tout cas, ne devait pas modifier les intentions initiales de Francis, au contraire.

Une demi-heure plus tard, il partit prospecter les adresses qu'il avait cochées dans l'annuaire. Ce ne fut qu'à la troisième qu'il découvrit ce qu'il cherchait : un magasin de pièces détachées pour radio-amateurs et qui, accessoirement, vendait des gadgets destinés aux écoutes clandestines.

Au commerçant sexagénaire qui s'enquérait de ses désirs, Coplan confia :

— Je voudrais des *punaises* à F.E.T. (1) un relais et un récepteur approprié. Le tout d'excellente qualité. Peu importe le prix.

Son interlocuteur s'en fut explorer ses rayonnages et casiers, rapporta le matériel désigné et le posa sur le comptoir.

— Voici ce qu'on fait de mieux dans ce domaine, murmura-t-il à voix basse. Mais peut-être ai-je des systèmes plus adaptés à votre

(1) F.E.T. Field effect transistor, transistor à effet de champ.

problème particulier. Si ce n'est pas une indis-
crétion de ma part, s'agit-il de business ou... (il
toussota) d'une question de vie privée ?

— Cela tomberait plutôt dans la seconde
catégorie, répondit Coplan, lourd de sous-
entendu. Des choses qui se passent à l'intérieur
de deux ou trois pièces d'habitation, si vous
voyez ce que je veux dire.

— Parfaitement, parfaitement. Alors, avec
ceci, vous obtiendrez une excellente audition.
Le tout sera de placer les punaises dans des
endroits invisibles. Le relais, vous pourrez le
placer dans un rayon d'une cinquantaine de
mètres, de telle sorte que, grâce à l'amplification
du récepteur, vous bénéficierez d'une écoute
satisfaisante jusqu'à deux *miles* en agglomération et cinq *miles* en rase campagne. Bien
entendu, il ne faut pas qu'il y ait à proximité une
enseigne au néon ou des tubes luminescents qui
créent un champ de parasites.

— Evidemment. Combien valent deux punaises et le matériel adéquat ?

— 1 500 dollars tout rond, avec les piles. Mais
il y a moyen de perfectionner encore le dispositif. Avez-vous entendu parler de ce truc fasci-
nant qu'on appelle l'émetteur infini ?

— Non.

— Eh bien, c'est tout bonnement merveilleux. Vous ne devez même pas pénétrer dans la
maison ou l'appartement que vous désirez surveiller. Vous connectez un petit appareil sur sa
ligne téléphonique à l'extérieur puis, *de n'importe quel endroit du monde,* vous formez le
numéro de l'abonné. Quand il a décroché, vous

dites « Excusez, c'est une erreur ». En même temps, vous envoyez un signal d'activation sur la ligne. A partir de ce moment-là, vous êtes en mesure d'écouter toutes les conversations de cet abonné, à partir de votre propre appareil téléphonique (1). Et ça ne coûte que 2 000 dollars.

— Dans ce cas-ci, ce serait peu rentable. Le système classique suffira.

L'électronicien, approuvant de la tête, considéra le client puis, mis en confiance, il se pencha et souffla :

— Si vous voulez la prendre sur le fait pendant qu'elle baise, introduisez un des micros dans le matelas, vers la tête.

Un clignement d'œil fraternel ponctua ce conseil.

— Merci pour le tuyau, glissa Francis à mi-voix. Emballez-moi le tout, voulez-vous ?

Nanti de son acquisition, il se rendit ensuite chez une fleuriste, où il acheta six superbes glaïeuls. Ceux-ci furent réunis en bouquet et couchés dans une longue boîte rectangulaire en cellophane transparente, laquelle fut entourée d'un large ruban mauve artistement noué.

Rentré à l'hôtel vers onze heures, Coplan afficha sur la porte de sa chambre la pancarte « Don't disturb » et se livra ensuite à une opération délicate : il extirpa les glaïeuls de leur boîte afin de loger, au fond du calice de deux d'entre eux, un minuscule micro-émetteur.

Lorsque le bouquet eut été soigneusement

(1) L'auteur croit bon de spécifier qu'un tel dispositif existe, mais qu'il n'est pas en vente libre en France.

replacé dans son emballage, et le ruban fixé autour avec l'étiquette d'origine, Francis procéda à des essais, d'abord sans, puis avec le relais radio-électrique, lequel avait les dimensions d'un paquet de cigarettes et possédait une courte antenne télescopique.

Tout semblait marcher correctement. Alors Coplan inséra une de ses cartes de visite entre le ruban et l'étui des fleurs, afin de remercier Nancy de l'aimable accueil qu'elle lui avait réservé la veille.

Il repartit, sa boîte transparente sous le bras et un paquet à la main, tracassé encore par la mort inopinée de Gene Cohn. Jessie et Jimmy Wakeson allaient être, eux aussi, stupéfiés par cette nouvelle.

Quand sa voiture fut arrivée à Middletown, Coplan croisa dans les environs du bungalow des Gordon. Il stoppa non loin d'un groupe de garçons qui faisaient de la planche à roulettes sur le trottoir, descendit de sa voiture avec ses fleurs et avisa l'un des virtuoses.

— Voudrais-tu porter ce colis à la maison qui porte le numéro 312 de Highland Street ? demanda-t-il à un rouquin d'une douzaine d'années. Je te file un demi-dollar. D'accord ?

— Pour sûr, boss, accepta le gamin. Tout de suite, que j'y vais.

— Je t'attends ici. Tu auras encore 50 cents quand la commission sera faite.

Le môme partit comme un bolide, vira sur l'aile au premier coin. Coplan alluma une cigarette, question de tuer le temps, et retourna se poster près de sa voiture. Deux ou trois minutes s'écoulèrent, puis le gosse réapparut, délesté de son paquet.

— Tu as vu la dame ?

— Ouais. Je la connais. Son type travaille à la centrale.

— Elle ne t'a rien demandé ?

— Non. Elle a lu la carte, puis elle m'a donné un *quarter.*

— Eh bien, ta journée commence bien, dit Francis en lui allongeant deux pièces de monnaie. Salut, mon pote.

Il remit le moteur en marche et démarra.

Tout en circulant dans le secteur, il tâcha de repérer un endroit où il pourrait dissimuler le retransmetteur, le plus près possible de la demeure des Gordon. Sans cela, il serait contraint de rester constamment à proximité pour garder l'écoute.

Que des relations coupables eussent existé entre Nancy et Gene Cohn, il n'y croyait pas trop. A la soirée chez les Wakeson, le technicien se serait abstenu de courtiser aussi visiblement Laura. Et puis, Francis avait le sentiment que ce gars-là n'avait rien pour séduire une femme comme Nancy, qui devait avoir une nette préférence pour des mâles bien musclés ou d'une condition sociale plus élevée que celle de son mari.

Parvenu dans une avenue qui courait parallèlement à Highland Street, et à peu près à la hauteur du bungalow des Gordon, Coplan distingua un thuya au feuillage très dense, haut de quatre mètres, à l'angle d'une pelouse.

Difficile de trouver mieux. Abandonnant sa

voiture, il s'en approcha négligemment, parut intéressé par la texture des feuilles ; quand il se fut assuré que personne ne l'observait, il cacha prestement le petit boîtier entre les branches, près du tronc.

Remonté dans sa Mustang, il s'éloigna du quartier, se dirigea vers une zone plus campagnarde, aux habitations clairsemées. Roulant à faible allure, il mit le récepteur en service, inséra un écouteur dans son conduit auditif.

Ne percevant pratiquement rien, il arrêta sa voiture pour n'être pas gêné par le bruit du moteur. Si, comme la veille, Oliver Gordon dormait encore, Nancy devait se mouvoir assez silencieusement dans la maison. Mais Francis eut bientôt la preuve que le dispositif fonctionnait bel et bien : une sonnerie de téléphone résonna plusieurs fois, s'interrompit alors que la voix de Nancy prononçait :

— Hello. Mrs Gordon à l'appareil.

Le bouquet de glaïeuls devait avoir été placé dans un vase sur l'un des meubles de la salle de séjour. Le micro reproduisait très intelligiblement ce que disait la femme, mais non les paroles de son correspondant.

— Mon Dieu ! lâcha Nancy. Non, je n'ai pas encore ouvert la radio ce matin. C'est affreux.

Période de silence.

— Mais pourquoi l'a-t-on descendu ? As-tu une idée ?

— ...

— Où cela s'est-il produit ?

— ...

— Non, il est là, mais il dort. Attends... Je

crois qu'il arrive. Je coupe. Au revoir, chéri, chuchota Nancy avant de raccrocher.

Après une pause de quelques secondes, un timbre masculin maugréa :

— Qui était-ce ?

— Jimmy. Sais-tu ce qu'il vient de m'annoncer ? Gene a été tué hier soir.

— Quoi ?

— Oui, il a été abattu au coin de Riverside street et de Washington boulevard. La radio en a parlé ce matin, paraît-il. Qu'est-ce que tu dis de ça !

Il y eut un bruit de toux, puis Oliver grommela :

— Pas moi qui le regretterai. Il essayait de fourrer son nez dans tout, et en plus il te tournait autour.

— Tu te fais toujours des idées. Il ne méritait pas ça, ce pauvre garçon. Il était plutôt amusant. Qui aurait pu lui en vouloir au point de l'assassiner ?

— Va-t'en savoir. On ne connaissait pas grand-chose de lui, après tout. Et puis, il y a tellement d'actes de banditisme de nos jours. Eh bien, pas la peine que je me remette au lit. Je vais prendre ma douche.

Ensuite, méfiant :

— Tiens ! D'où viennent ces fleurs ?

— Un gamin les a apportées il y a une demi-heure. C'est le Français qui les a envoyées, en remerciement.

— Ha ! Encore un qui voudrait te tringler, pas vrai ? Et tu ne dirais pas non, je m'en suis bien aperçu.

— Mais naturellement, chéri. Pourquoi refuserais-je ? Il n'est pas mal baraqué, ce type.

— Salope, jeta Oliver, grinçant. Ceux que tu as déjà ne te suffisent donc pas ?

— Chacun a le droit de s'offrir une fantaisie, non ? Allez, file, je dois préparer le lunch.

Le mari dut s'incliner car la conversation ne se poursuivit pas.

Coplan se relaxa, plutôt éberlué par ce qu'il venait de surprendre. Qu'il pût y avoir anguille sous roche entre Nancy et Jimmy Wakeson lui paraissait difficile à avaler. Pourtant, elle l'avait appelé chéri.

Finalement, la curieuse attitude de Nancy, son étonnante franchise, révélaient qu'elle ne cachait pas ses aventures galantes à son époux. Et c'était pour elle, néanmoins, que ce cave avait dû se laisser embringuer dans une histoire louche...

Perplexe, Coplan décida d'aller déjeuner aussi. Il lui faudrait rester longtemps à l'affût pour décrocher, peut-être, une information déterminante.

*
* *

Après avoir consacré son après-midi, en divers endroits situés à la périphérie de l'agglomération de Middletown, à épier en vain ce qui se disait dans la maison des Gordon, Coplan reflua vers Harrisburg pour son rendez-vous quotidien avec Laura.

D'emblée, il prévint l'Américaine :

— Je ne pourrai pas rester avec toi toute la

soirée. Je dois voir quelqu'un vers neuf heures et demie.

— Ah? fit Laura, déçue. Tu n'as donc pas assez de ta journée pour rencontrer tes bons-hommes?

— Ceci est un cas spécial. L'intéressé a préféré que notre entretien se déroule en dehors de ses heures de travail.

Ils montèrent à l'appartement de la jeune femme; dans l'ascenseur Francis enveloppa d'une caresse la croupe joufflue de Laura, qui se déroba en affichant une mine boudeuse.

Ce ne fut que lorsqu'ils furent réunis dans la salle de séjour que Francis lui fit part de la fin tragique de l'ingénieur.

Laura, interdite, tomba des nues.

— C'est pas vrai? soupira-t-elle, les yeux agrandis. Gene... Assassiné?

— Oui, et tu es probablement la dernière à avoir entendu le son de sa voix. D'après l'heure et le lieu, il a dû être tué quelques instants après son coup de fil.

— Insensé, murmura Laura. Qui a pu faire un coup pareil? Il était gentil, Gene. Et deux balles, encore bien!

— On voulait sa peau, pas de doute.

Francis attira la fille contre lui, lui pétrit les reins tout en la regardant dans les yeux, demanda :

— Est-ce qu'il t'avait paru énervé, anxieux, pendant cette communication?

— Euh... oui, disons plutôt préoccupé. Mais je croyais que c'était pour un motif... Enfin, je te l'ai expliqué.

— D'accord, mais maintenant on peut supposer que son appel avait une toute autre raison.

— Laquelle, par exemple ?

— Qu'il s'intéressait à mes faits et gestes, et
qu'il espérait être renseigné par toi.

— Mais pourquoi ?

— Voilà le problème, marmonna Francis.
Enfin, cela n'a peut-être aucun rapport avec le
meurtre, tout compte fait. Crois-tu indispensa-
ble de signaler cette communication à la police ?

Le visage de Laura devint indécis.

— Non. A quoi cela servirait-il ? Si on me
pose la question, je dirai la vérité, sinon...

— Il vaudrait mieux que tu ne mentionnes
pas que j'étais ici, de toute façon. Pour le temps
qui me reste, je n'aimerais pas être embêté par
les flics.

— Bien sûr, je comprends.

Elle s'écarta de lui, les traits tendus.

— Et si c'était Oliver, le meurtrier ? S'il avait
découvert que Nancy couchait avec Gene ?

Coplan eut une mimique incrédule et désabusée.

— Si Oliver devait flinguer les courtisans de
sa femme, il y en aurait déjà quelques-uns qui
seraient restés sur le carreau. Non, ça ne tient
pas debout.

Il secoua la tête, puis fixa Laura qui semblait
très démoralisée.

— Perdre un ami, surtout dans des circonstances pareilles, cela flanque une secousse,
reconnut-il. Mais que veux-tu, on ne peut plus
rien pour lui.

— J'espère en tout cas qu'on mettra la main

au collet du bandit qui a fait ça, prononça-t-elle
sur un ton vindicatif. Bon. Si tu dois t'en aller
tôt, il faudrait que je me soucie du casse-croûte.

Mais comme Francis ne lui rendait pas sa
liberté, elle se dégagea en déclarant :

— Non, pardonne-moi, ce soir je n'ai vraiment pas envie de batifoler. Ce crime m'a mise
sens dessus dessous.

— Je vais nous préparer un drink, décida
Coplan. Que dois-je te servir ?

— Un scotch, sec.

*
* *

A la nuit tombante, il fit un crochet par son
hôtel afin de s'assurer que du courrier n'était pas
arrivé durant son absence. Rien. Deprivat faisait
le mort. Un signe que la police n'avait guère
progressé et que le corps de Jean Lefront n'était
toujours pas retrouvé.

Alors Coplan reprit la route de Middletown.
Si Oliver faisait encore partie de l'équipe de nuit
— service de 22 heures à 6 heures du matin — le
comportement de Nancy après son départ pourrait ne pas manquer d'intérêt.

Après le repas du soir, les voies de la localité
étaient virtuellement désertes. Les Américains
ne se promènent jamais à pied ; ils ne sortent
que pour aller chez des amis et, dans leur
écrasante majorité, ils préfèrent regarder la
télévision en famille.

La Mustang se posta dans Highland Street, à
un bloc du bungalow des Gordon, de telle sorte

que Coplan pût observer le démarrage de la voiture d'Oliver tout en reprenant son écoute.

Ceci se produisit une dizaine de minutes plus tard. La Ford Granada de l'ingénieur s'étant éloignée, Coplan remit en marche, vira sur la gauche au premier croisement et alla se poster non loin du thuya qui recelait le transmetteur, éteignit ses feux.

A l'intérieur du bungalow ne résonnaient que des bruits confus dénonçant les allées et venues de Nancy, sur un fond de musique douce que diffusait un transistor. Bientôt survint ce que Francis espérait : la femme forma un numéro sur le cadran du téléphone.

— Bonsoir, chéri, prononça-t-elle. Maintenant, nous serons plus à l'aise pour bavarder. Ce matin, j'ai dû couper un peu vite.

Un temps.

— Non, tu rêves ! Ce n'est vraiment pas le moment.

— ...

— Mais moi aussi, chéri. Je te jure, j'en ai une folle envie, après ces émotions. A propos, sais-tu que le Français m'a envoyé des fleurs ?

— ...

— Allons, ne t'énerve pas. C'est la tienne que je voudrais, aucune autre.

Un léger crépitement de parasites, dans l'écouteur, rendit les paroles de Nancy moins intelligibles. Coplan dut prêter une plus grande attention pour en saisir le sens. Il aurait donné gros pour capter le nom du correspondant, car il ne parvenait pas à croire que l'amant de Nancy était Jimmy Wakeson. Encore que...

— J'essayerai demain, dans le courant de la matinée. Tu me feras l'amour comme tu voudras, sale type. Ou comme le Français souhaiterait sûrement le faire.

Pas de doute, elle s'y entendait à fustiger la jalousie des hommes, la garce ! Mais l'intensité croissante des parasites couvrait de plus en plus la voix de Nancy, à telle enseigne que Coplan, n'en décelant pas l'origine, se décida à changer de secteur.

Alors, à travers le pare-brise, il vit apparaître deux motocyclistes qui, surgissant d'une avenue transversale, viraient à petite allure et venaient dans sa direction, phares allumés.

CHAPITRE VII

Les deux motards stoppèrent à une trentaine de mètres, réduisirent la lumière éblouissante de leurs lampes à iode, restèrent campés sur leur machine, un pied à terre.

Ils portaient des blousons de cuir, étaient coiffés d'un casque à visière qui, en protégeant leur menton, dissimulait complètement leur visage.

L'intérieur de la Mustang fut alors éclairé par des faisceaux lumineux provenant de l'arrière. Coplan se rendit compte, en regardant dans le rétroviseur, que deux autres motos s'arrêtaient, de ce côté-là aussi.

Les quatre individus, hiératiques sur leurs engins de grosse cylindrée, laissaient tourner leur moteur au ralenti, ne produisant qu'un faible ronronnement velouté.

Pendant de longues secondes, rien ne bougea. L'écouteur logé dans l'oreille de Coplan ne lui apportait plus qu'un grésillement continu créé par l'allumage des « gros cubes ».

Francis inspira profondément. Avait-il affaire à des voyous en quête d'une bagarre ou à des types animés d'autres intentions ? Il n'était pas armé, virtuellement coincé dans sa voiture.

Un cinquième motard déboucha dans l'avenue. Il entama une sorte de fantasia en tournant autour de ses acolytes, puis autour de la Mustang, escaladant le trottoir, revenant sur la chaussée en se dressant sur ses repose-pieds, virevoltant, comme s'il entendait donner une démonstration de sa maîtrise.

A un moment donné, alors qu'il longeait le coupé, il décocha un coup de botte dans la portière, accéléra, fit un court virage afin de se placer parallèlement aux deux premiers arrivants, s'immobilisa à son tour.

Coplan se mordit la lèvre. De toute évidence, ces gars-là voulaient éprouver la solidité de ses nerfs, le provoquer. Voire lui flanquer une correction.

Il ôta posément son écouteur, mit le contact, amena le sélecteur de la boîte automatique sur le cran « Drive ». Allumage des feux, des clignotants gauches, le tout sans hâte. La voiture s'ébranla doucement, face aux trois loubards, se dirigea vers eux sans s'écarter de la ligne droite, mais assez lentement pour leur donner l'occasion de se défiler.

Coplan les tint en vue, prêt à enfoncer l'accélérateur si l'un d'eux faisait le geste de dégainer une arme. Mais leurs mains gantées restaient posées sur les poignées de leur guidon.

Derrière, les deux autres suivaient en respectant l'intervalle qui les séparait de la voiture. Quand le pare-chocs de celle-ci ne fut plus qu'à deux mètres des roues avant du trio, et qu'il poursuivit inexorablement sa progression, les cavaliers casqués surent que s'ils restaient sur place, la voiture risquait de leur bondir dessus en une fraction de seconde.

Subitement, ils démarrèrent comme si un cerveau unique commandait leurs mouvements. Deux des motos filèrent sur la droite, la troisième grimpa sur le trottoir et toutes s'élancèrent en sens inverse, libérant le passage.

Coplan ne crut pas pour autant que ces rapaces nocturnes allaient le laisser en paix. Il accéléra brusquement, l'œil au rétroviseur. Les deux individus qui l'avaient suivi jusqu'à présent mirent les gaz et le doublèrent en souplesse, se rabattirent presque devant le capot et le précédèrent comme s'ils voulaient lui ouvrir la voie.

Il se trouva bientôt escorté par toute la bande, encadré, au centre d'un ballet pétaradant, environné de feux rouges.

Il roula exactement de la même manière que s'il avait été seul, en respectant les limitations de vitesse, le cap sur l'hôtel *Nationwide*. Dans l'agglomération de Harrisburg, les motards s'égaillèrent soudain comme une volée de moineaux, le laissant poursuivre sa route tout seul.

Au bout d'un moment, voulant en avoir le cœur net et domptant assez difficilement la sourde rogne qui s'était accumulée en lui, il accomplit un détour pour repartir vers Middletown. La montre du tableau de bord marquait onze heures moins le quart.

Chemin faisant, Francis réinséra l'écouteur dans son oreille. Le fait de n'avoir pas entendu la suite de la conversation de Nancy l'agaçait considérablement. A tort ou à raison, il était persuadé que celle-ci lui aurait apporté un indice révélateur, si minime fût-il.

Parvenu dans les parages de Highland Street, il nota avec soulagement que Nancy n'avait pas quitté son domicile. A en juger par les sons qu'il percevait, elle devait regarder un spectacle de télévision.

Et si elle attendait sa visite ?

Elle en était bien capable. Sinon, pourquoi aurait-elle décliné les propositions de son amant et remis au lendemain matin le rendez-vous qu'il lui demandait ?

Obscurément tenté, Francis résolut pourtant de ne pas s'engager dans cette voie. Non par fidélité envers Laura, mais parce qu'il ne voyait pas trop où cela pourrait le mener.

Eût-il d'ailleurs été d'un avis contraire qu'il aurait dû y renoncer car la réapparition d'un bruit parasite dans son écouteur le mit en alerte.

Effectivement, une moto ne tarda pas à se manifester dans son sillage. Elle le doubla, lui fit une queue de poisson et zigzagua ensuite devant sa voiture. Les quatre autres machines rappliquèrent à quelques secondes d'intervalle, surgissant on ne sait d'où, et le rodéo recommença : haute voltige, manœuvres visant à énerver le conducteur, coups de bottes dans la carrosserie.

Situation d'autant plus crispante qu'elle était sans issue. Coplan ne tenait pas à alerter, par des appels d'avertisseur, une voiture de patrouille de la police. S'il s'arrêtait, les autres multiplieraient leurs provocations. S'il cherchait à en renverser un, ils seraient fichus de démolir sa bagnole à coups de clé anglaise.

Excédé, il alluma ses feux de route et accéléra brusquement, question d'avertir les rigolos qu'il en avait marre. Ils n'en continuèrent pas moins leurs dangereuses cabrioles, imperturbables et vaguement menaçants. Par une série de virages, la Mustang réemprunta la direction de Harrisburg. Comme la première fois, les loubards cessèrent de caracoler autour d'elle lorsqu'elle fut arrivée à proximité de l'hôtel.

Coplan se rangea au parking, retira de la voiture le récepteur d'ondes ultra-courtes, condamna les portières et s'en fut vers le hall d'entrée. Il y prit un numéro du « Star », réclama sa clé, monta à sa chambre.

Avant toute chose, il forma le numéro de Jimmy Wakeson. Ce fut Jessie qui décrocha.

— Bonsoir, Jessie. Excusez-moi de vous déranger, Francis à l'appareil. En revenant à mon hôtel, j'ai appris la mort de Gene Cohn. En voilà une tuile !

— Eh oui, fit Jessie sur un ton chagrin. Qui pouvait imaginer l'autre jour que ce malheureux garçon n'avait plus que quelques heures à vivre ! Mourir de cette façon, à son âge !

— Est-ce que Jimmy est là ? J'aimerais lui dire deux mots, à condition que cela ne trouble pas son sommeil.

— Non-non, il est là, devant la télé. Un instant, je l'appelle.

Peu après, l'ingénieur se fit entendre :

— Hello ! Non, je ne dormais pas. J'ai roupillé mon compte, ce matin, jusqu'à deux heures de l'après-midi. Ça m'a fichu un choc, vous pensez, quand Jessie m'a annoncé cette histoire à mon réveil !

— Il y a de quoi, dit Coplan. Ce meurtre a dû être commis par un fou, car vous ne croyez pas que votre collègue avait des ennemis ?

— Lui ? Non, vraiment pas.

— Est-ce que vous avez eu l'occasion d'en parler à Oliver ?

— Pas encore. Nous étions de service tous les deux la nuit dernière et nous sommes rentrés nous coucher vers six heures et demie du matin. Il doit aussi l'avoir appris entre-temps.

— Probable. Je voulais seulement vous dire que je partage votre peine, puisque Gene était votre ami.

— Bien aimable à vous, déclara Wakeson. A part ça, votre séjour a-t-il été profitable ?

— Assez, oui. Mais je veux pas vous retenir plus longuement, si vous devez travailler cette nuit.

— Non, je change d'équipe. J'ai 48 heures de congé. Enfin, je vous le répète : si vous avez besoin d'autres détails, je reste à votre disposition.

— Merci, Jimmy. Et bonne nuit.

Au moins, à présent, Coplan était édifié : l'ingénieur ne pouvait être le correspondant que Nancy avait eu au bout du fil en fin de matinée. Elle avait donc menti à son mari en prétendant que Jimmy l'avait appelée. Par voie de conséquence, ce dernier n'était pas son amant : il s'agissait de quelqu'un d'autre.

Restait la ronde des motards.

Coplan n'était plus enclin à les considérer comme de vulgaires marginaux s'amusant à effrayer les automobilistes, ni comme des malandrins désireux de perpétrer un mauvais coup.

Depuis quand patrouillaient-ils autour du domicile des Gordon quand Oliver n'était pas chez lui ?

Et pour qui ?

*
* *

La dernière édition du « Star » ne donnait pas énormément de détails sur le meurtre de Gene Cohn. La police du comté n'avait recueilli qu'un seul indice : des gens habitant à proximité de la cabine téléphonique avaient entendu l'échappement d'une moto qui démarrait à l'arraché, immédiatement après les deux coups de feu.

Encore une moto.

En repliant la gazette qu'on lui avait apportée avec le petit déjeuner, Coplan songea aux individus qui l'avaient intercepté la veille.

A cette heure de la matinée, Oliver Gordon devait dormir et sa femme était fort probablement absente, puisqu'elle avait promis à son correspondant qu'elle tâcherait d'aller le voir.

Inutile, donc, de guetter ce qui se passait à l'intérieur du bungalow à ce moment-là.

Coplan prit un taxi, demanda au chauffeur de le conduire quelque part où il pourrait louer une moto, ou en acheter une d'occasion.

Durant le trajet, aucun véhicule à deux ou à

quatre roues ne parut suivre le même itinéraire
que le taxi.

Ayant débarqué devant un magasin précédé
d'un parking où s'alignaient de nombreuses
machines de divers modèles, les unes rutilantes
de tous leurs chromes, les autres plutôt sales et
poussiéreuses, routières, enduro, trial ou même
des *choppers* et un *dragster* aux formes mons-
trueuses, Coplan put signer un contrat de location pour une Kawazaki H 3 de 80 chevaux sur
laquelle il avait jeté son dévolu.

— Faites gaffe, le prévint le commerçant. Je
ne sais pas si vous avez l'habitude. Ces bécanes
s'envolent sans qu'on s'en aperçoive, mais les
Harley-Davidson des flics sont encore plus
rapides.

— Je ne la prends que pour me balader,
assura Francis. Je voudrais aussi un casque, une
combinaison et des bottes.

— D'accord, mais je n'ai que du neuf.

— Eh bien, allons-y.

Un peu plus tard, métamorphosé, son cos-
tume de ville logé dans les sacoches de la moto,
Coplan enfourcha l'engin. Celui-ci démarra au
quart de tour et fit entendre un sourd vrombisse-
ment.

Son conducteur décerna un salut de sa main
gantée au vendeur, actionna la manette d'em-
brayage et roula vers la chaussée.

Il ne fallut pas longtemps à Francis pour se
familiariser avec les particularités de la moto,
ses réactions et ses lubies. La monture ne
demandait qu'à être apprivoisée : elle était prête

à mettre à la disposition de son cavalier toute l'énergie recelée dans ses trois cylindres.

*
* *

Vers une heure de l'après-midi, Coplan trouva un coin idéal dans la campagne, à environ sept kilomètres au nord de Middletown. Sa Kawa posée sur la béquille, il put s'allonger dans l'herbe à côté d'elle en vue de reprendre son écoute.

Mais le silence régnait chez les Gordon. Si Francis n'avait perçu le tintement grêle d'une pendule qui sonnait la demie, il aurait pu croire que les deux micros ne captaient plus. Un peu plus tard, il enregistra des bruits aussi faibles qu'indéfinissables, lesquels trahissaient pourtant la présence d'une personne dans la salle de séjour.

Une porte s'ouvrit, et la voix relativement proche d'Oliver maugréa :

— Il ne faut plus te gêner… Tu rentres déjà ?

— Je n'ai pas pu faire plus vite, chéri, dit Nancy sur un ton désinvolte. Tu sais bien que je devais voir Eddie, et puis faire quelques courses.

— Ce ne sont sûrement pas tes courses qui ont pris le plus de temps, bougonna le mari.

— J'avais rendez-vous à plus de 10 miles d'ici, du côté de Manada Gap, je te ferai remarquer.

— Ouais, grogna Oliver. Et vous vous êtes encore payé une partie de jambes en l'air dans sa voiture, comme d'habitude. Ose prétendre que ce n'est pas vrai !

Nancy allait et venait dans la pièce, ses paroles augmentaient ou diminuaient d'intensité au gré de ses mouvements :

— Avec lui, c'est inévitable, il faut y passer... A quoi bon toujours revenir la-dessus ? On l'a fait deux fois, si ça t'intéresse.

— Comment ? s'informa Gordon, tendu et enroué.

— La première, il m'a couchée sur la banquette arrière et a passé ses bras sous mes genoux. La seconde, il m'a obligée à m'asseoir sur lui en appuyant mes coudes sur le dossier du siège avant. Est-ce que ça te suffit ou tu veux plus de détails ?

— Le porc ! grinça Oliver. Il ne te viendrait donc jamais à l'idée de l'envoyer promener ?

— C'est dans ton intérêt, chéri. Tu sais, il nous rend service. Et puis, ce n'est pas tellement désagréable, un type dominateur qui ne te demande pas ton avis.

Il y eut un court silence, après lequel Oliver s'exclama :

— Je l'aurais parié ! Pourquoi mets-tu ces bas gris et ces jarretelles roses quand tu vas à ces rendez-vous, hein ?

— Un collant n'est pas pratique. Ne crois pas que ce soit pour exciter Eddie, il n'a pas besoin de ça. Dès qu'il m'embrasse ou qu'il fourre sa main entre mes cuisses, il se met à bander. Mais on ne va pas discuter de ça toute la journée, non ? Je meurs de faim, et toi aussi, je suppose ?

— Tiens, regarde les fleurs de ton nouveau soupirant, ricana son époux, le souffle court. Et laisse-toi faire.

— Non, Ol, je t'en prie, protesta la jeune femme. Tout à l'heure, si tu veux.

Il y eut comme un bruit de lutte, des froissements de tissu, puis des chocs répétés.

Plutôt amusé par cette scène de ménage qui finissait bien, Coplan n'en demeurait pas moins intrigué par ce qu'il venait d'entendre. Le nommé Eddie dont il avait été question ressemblait étrangement à Eddie Winding. Qu'il existât des relations cachées entre les Gordon et le journaliste était pour le moins inattendu !

Oliver continuait de prendre Nancy avec un tel appétit que la table qui supportait le vase aux glaïeuls s'en trouvait aussi ébranlée. Le visage de la femme devait se trouver très près du micro car on ne perdait rien de ses halètements.

— Hhh... Horrr, lâcha-t-elle enfin, alors que la table cessait de trembler.

Quelques secondes passèrent. Rasséréné, Gordon articula, sarcastique :

— Avoue que tu as été gâtée, aujourd'hui.

D'une voix redevenue très naturelle, Nancy répliqua :

— Avoue, toi, que je t'ai mis en forme, espèce de vicieux. Et encore, je ne t'ai pas tout raconté. Mais parlons de choses sérieuses, si tu veux. D'après ce qu'on sait au journal, Gene Cohn aurait été abattu par un motard juste après qu'il ait passé un coup de fil à quelqu'un. La police a trouvé ses empreintes sur le récepteur de la cabine.

— Un motard ?

— Oui, des gens l'ont entendu. Et il y a autre chose. Eddie a été contacté par Buck Martin qui lui a demandé de rédiger une réponse au rapport de la Commission du Congrès et de la publier dans le « Star ». Tu penses si Eddie a sauté sur l'occasion !

Le son des voix s'éloignait.

— Tu vas en faire part à... ?

Coplan eut beau tendre l'oreille, il ne parvint pas à saisir le nom qu'Oliver avait cité dans sa question. Le dialogue s'était complètement estompé, le couple ayant dû se rendre dans la cuisine.

Conservant cependant l'écoute, Francis mit un peu d'ordre dans ses pensées. Ainsi, Nancy couchait bel et bien avec Winding, mais en jouant l'agent de liaison entre son mari et le journaliste. Or ceux-ci auraient dû être à couteaux tirés.

En quoi l'activité de Winding pouvait-elle rendre service à Gordon, qu'il accusait publiquement de négligence et d'incapacité ?

Se doutant qu'il ne glanerait plus rien de valable pendant un certain temps, Coplan remonta en selle, se dirigea vers une localité pour y chercher une cabine téléphonique.

Il appela Laura King à la banque.

— On peut se voir tout à l'heure ?

— Pourquoi pas ? fit-elle, un peu pincée. Tu ne devras pas de nouveau t'en aller à neuf heures, j'espère ?

— A onze, celle à laquelle tu te mets au lit. Mais ne préfères-tu pas que je t'emmène dîner quelque part ?

— Demain, plutôt. Ce soir, j'aimerais mieux que nous restions chez moi.

— Okay. Je viendrai sonner à ta porte vers six heures. A bientôt.

Il se remit en route, ayant un peu mauvaise conscience sans qu'il pût en discerner la raison. Etant donné la tournure que prenaient les choses, il aurait peut-être mieux fait de rompre avec Laura.

La Kawazaki mit le cap sur Middletown ; Coplan fit un tour dans les parages du bungalow des Gordon afin de se rendre compte si, à présent, les loubards de la veille ne tournicotaient pas encore dans le secteur. Zéro.

Bien que son casque préservât son anonymat, Francis ne s'attarda pas dans Highland street. Il sortit de l'agglomération et, un quart d'heure plus tard, s'installa derechef à l'orée d'un petit bois.

Dans leur demeure, Oliver et Nancy avaient regagné la salle de séjour et leur conversation était à nouveau intelligible. Mais elle roulait sur des banalités n'ayant aucun rapport avec les préoccupations de Coplan. Un moment, il fut question de la maison que le couple irait occuper prochainement près de Philadelphie.

— Je me rendrai là-bas mardi en huit pour acheter les rideaux, prononça Nancy. En même temps, je lui parlerai.

— Mm, fit Oliver. Dis-lui bien que, quoi qu'il arrive, je ne ferai plus machine arrière. Que chacun respecte ses engagements.

— D'accord, chéri. Mais n'oublie pas de prendre tes comprimés, il est l'heure. Si tu continues à être aussi fébrile, ça finira par une superbe névrose.

— Ha ! On voit bien que tu n'es pas à ma place. Je donnerais gros pour être plus vieux d'un mois.

— Tu te fais du souci pour rien, Ol, je t'assure. Tu es inattaquable. Et, en plus, quand nous serons là-bas, je verrai Eddie moins souvent, si c'est ça qui t'embête.

Oliver ne répondit pas. Sans doute était-il sceptique à cet égard, ou bien cette perspective ne l'arrangeait-elle pas tellement. De toute façon, il oscillait sans cesse entre une jalousie maladive et ses tendances masochistes.

La suite du dialogue, jusque vers cinq heures, fut complètement dénuée d'intérêt. Alors Francis rangea son matériel d'écoute.

Après un détour par son hôtel, où il changea de tenue et de véhicule, Coplan passa une soirée charmante avec Laura.

Lorsqu'il en furent arrivés au dessert, il laissa tomber négligemment :

— Savais-tu que Nancy Gordon est la maîtresse de Winding ?

Les yeux de l'Américaine s'arrondirent.

— Non ?

Epatée, elle réfléchit à tout ce que cela impliquait. Puis elle reprit :

— Je te l'avais dit, qu'elle devait être une pute. S'envoyer en l'air avec le type qui a fait tant de tort à son mari, ça t'indique sa mentalité.

Coplan se gratta le cou.

— A ta connaissance, le couple entretenait-il

des relations avec Winding avant que se produise l'accident de la centrale ?

— Je n'en sais rien. C'est possible. (Elle fronça les sourcils en baissant les paupières.) Après tout, c'est même probable. Oliver et Nancy se trouvaient aussi à ce fameux cocktail dont je t'ai parlé.

Ensuite, relevant la tête :

— Mais pourquoi me demandes-tu ça ? Et d'abord, comment l'as-tu appris, que Nancy trompait son mari avec Eddie Winding ?

— Par le plus grand des hasards. Je me baladais ce matin du côté de Manada Gap, et je les ai rencontrés. Dis-moi ce qu'ils fichaient là, dans la même voiture ?

Laura prit un air entendu :

— Ils ont tout ce qu'il faut pour s'entendre, ces deux-là, mais ça m'étonne quand même. Dieu sait depuis combien de temps cela dure. Pourtant, dans le pays, on n'a jamais jasé sur leur compte. Il fallait que ce soit toi, un étranger, qui les surprenne en flagrant délit ! Note, dans ces histoires-là, c'est toujours pareil.

— Ils prennent certainement les plus grandes précautions. Imagine le scandale si cela se répétait.

— Ce n'est pas moi qui colporterai la nouvelle, affirma Laura sur un ton décidé. Qu'ils fassent ce qu'ils veulent ensemble, ça les regarde. Mais si ce pauvre Oliver devait le savoir, il en aurait la jaunisse.

— Sûr, dit Coplan. Et maintenant, ne vas-tu pas détruire ce tableau ?

Laura tourna vers lui une expression candide.

— Non. Pourquoi ?

— Il ne peut que t'apporter des idées mal-
saines.

Elle vint, d'un élan, s'installer sur ses genoux.

— Mais c'est pour ça que je l'ai peint, avoua-
t-elle dans un chuchotement.

CHAPITRE VIII

Après être sorti de chez Laura King, Coplan arrêta sa voiture près de la première cabine qu'il rencontra. Il s'y enferma, introduisit deux pièces de monnaie et forma le numéro des Gordon.

Nancy décrocha, lança un « Hello » languissant.

— C'est moi, Francis. Etes-vous seule ?

— Ooh ! C'est vous. Mais naturellement, que je suis seule. Oliver en a pour toute la semaine, du service de nuit. Vous aviez quelque chose à me dire ?

Si l'on en jugeait par ses inflexions de voix, elle était toute prête à écouter les propositions les plus malhonnêtes.

— Est-ce que je pourrais faire un saut jusque chez vous, ou bien est-ce trop demander ? Je me rends bien compte qu'à une heure pareille, cela peut vous paraître inconvenant.

— Un homme peut l'être parfois, j'imagine ! Je m'ennuyais, justement. J'espère que vous n'allez pas me parler de la centrale, au moins ?

— Non, pas du tout, riposta Coplan d'une voix égayée. Il s'agit d'une question strictement personnelle. Depuis l'autre jour, j'ai envie de bavarder en tête à tête avec vous.

L'Américaine émit un petit rire prometteur.

— Ne perdez pas de vue que je suis une femme mariée. Enfin, si vous jurez d'être sage, venez prendre un drink.

— D'accord. J'arriverai dans une vingtaine de minutes.

Il sortit de la cabine, fonça vers son hôtel. Il y revêtit en hâte son équipement de moto, enfourcha sa Kawa et prit le chemin de Middletown.

Aux approches de Higland Street, il réduisit considérablement son allure ; tout en défilant dans les voies de la localité endormie, il lança de part et d'autres des regards destinés à localiser éventuellement des motards à l'arrêt. Il n'en aperçut toujours pas mais n'en tira cependant aucune conclusion.

Son moteur tournant à bas régime pour faire le moins de bruit possible, il emprunta la rue le long de laquelle s'érigeaient, séparées par des pelouses, des villas sans étage. Arrivé devant le bungalow, il monta sur le trottoir et cala sa machine sur la béquille. Avant de s'engager sur le chemin dallé, il tourna encore la tête dans tous les sens, ne fut pas exagérément surpris de voir surgir, à l'opposé de la direction d'où il venait, deux motos qui viraient avec ensemble et qui s'élançaient vers l'endroit où il se trouvait.

Un frisson d'allégresse le parcourut. Il sauta en selle, remit le moteur en route et descendit lentement sur la chaussée, face aux types qui s'amenaient. Quand ils ne furent plus qu'à une cinquantaine de mètres, il accéléra si brutalement que son engin se cabra, poursuivant sa course uniquement sur sa roue arrière.

En des fractions de seconde, Coplan changea de vitesse pour conserver la même accélération. Sa Kawa, dressée comme un cheval sauvage, se rua à la rencontre des arrivants dans le but de passer entre eux. Au moment où les trois bécanes se croisaient, Coplan décocha un coup de talon sur le garde-boue de la roue avant d'une des Harley-Davidson. Celle-ci, emportée par sa vitesse acquise mais déséquilibrée par cette impulsion brutale, se coucha sur le macadam en projetant son conducteur ; tous deux glissèrent sur une bonne distance alors que Coplan, restituant à son engin une assiette normale, virait sur la droite au premier croisement.

Francis ralentit, le regard posé sur son rétroviseur, dans lequel des lumières ne tardèrent pas à réapparaître. Maintenant, ils allaient devenir méchants, les mecs. Ils étaient encore trois.

Coplan les laissa venir. Quand ils furent presque à sa hauteur, répartis comme pour l'encadrer, il accéléra derechef. Dès qu'une occasion s'en présenta, il prit un virage très penché, obligeant ses poursuivants à faire de même. Alors il amorça un dérapage contrôlé accompagné d'un contre-braquage, si bien que le motard qui se tenait sur sa droite, un peu en arrière, encaissa sur l'avant le choc de la roue qui gommait le bitume. Incapable soudain de maîtriser son guidon, il alla s'étaler en vol plané pendant que son Harley se renversait et se mettait à tourner sur elle-même en labourant le sol.

Et de deux.

L'objectif de Coplan était d'entraîner les rescapés vers une zone rurale inhabitée, de préférence sur un terrain accidenté où leurs puissantes mais trop lourdes machines seraient handicapées par rapport à la sienne, qui développait une quinzaine de chevaux de mieux.

Après l'affront infligé à deux d'entre eux, les loubards étaient bien décidés à laisser leur adversaire sur le carreau, pour de bon. Mais chaque fois qu'ils croyaient pouvoir enfin l'envoyer dans le décor en balançant un coup de poing sur l'un de ses poignets, il les distançait irrésistiblement puis, pendant quelques secondes, zigzaguait devant eux en freinant, les contraignant à des manœuvres de la dernière chance pour éviter un télescopage catastrophique.

Une voiture arrivant en sens inverse força Coplan à rouler d'une façon moins acrobatique, mais en aucun cas il ne voulait se laisser doubler par un des types qui le pourchassaient. Tout en fonçant en ligne droite, il plongea la main gauche dans une de ses sacoches. Il en ressortit un cylindre semblable à une bombe de laque pour les cheveux. En réalité, un extincteur.

A nouveau, il se laissa rattraper par les gros cubes. Lorsque l'un d'eux ne fut plus qu'à un mètre de lui, Francois brandit sa bombe et actionna la détente, le jet dirigé vers la visière du casque du conducteur. Celle-ci se recouvrit d'un voile blanc quasi opaque, et la moto du type entama aussitôt une série d'embardées qui

se terminèrent par une chute magistrale, fracas-
sante.

Voyant cela, l'acolyte du zigoto réduisit illico
sa vitesse pour décrire un virage en épingle à
cheveux afin de porter secours à son camarade.
Mais Coplan ne l'entendait pas de cette oreille :
il lui fallait coincer un de ces gredins. Il fit
également demi-tour, un peu plus loin, et rappliqua en trombe vers l'endroit où le type avait pris
sa gamelle.

Ahuri de voir la Kawa qui se ramenait à fond
de train alors qu'il s'attendait à la voir continuer
pour fuir, le survivant de l'hécatombe ne sut où
donner de la tête. Partagé entre l'envie de
déguerpir et celle de désarçonner une bonne fois
le salaud qui avait démantibulé toute l'équipe, il
resta campé sur sa moto à l'arrêt, légèrement en
travers de la route, un pied sur le sol.

« Connard, » grinça Francis en lui-même tout
en faisant pivoter sa manette d'accélération.
Lorsqu'il ne fut plus qu'à une dizaine de mètres
de l'inconnu, et alors que ce dernier s'apprêtait à
lui expédier une grosse clé à molette sur son
casque, Coplan mit brusquement sa machine en
travers pour provoquer un dérapage spectaculaire.

En crabe, son arrière vint percuter l'autre
moto au niveau des cylindres et des repose-
pieds, renversant à la fois l'Harley et son pilote
qui, à la dernière seconde, avait esquissé un
mouvement de protection.

Coplan immobilisa son engin, le cala sur sa
béquille et courut vers l'homme qu'il venait de
propulser dans la poussière. L'autre, celui dont

la visière avait été colmatée, devait s'être cassé la figure beaucoup plus dangereusement.

Francis s'accroupit auprès de sa dernière victime, qui gisait par terre, une jambe prise sous sa moto couchée.

Le type était conscient, mais il devait souffrir. Francis lui enleva prudemment son casque intégral, puis il articula :

— Ecoute-moi, espèce de minus. Qu'est-ce que vous fichez autour de la bicoque d'Oliver Gordon ?

Le motard était jeune, 20 à 22 ans. Le fait d'être privé de son casque, mis à nu pour ainsi dire, lui démolissait le moral, d'autant plus que sa précieuse bécane devait avoir subi des avaries et qu'il avait peut-être une patte cassée. Néanmoins, il garda le silence.

Coplan n'avait ni le temps, ni l'envie, de faire des ronds de jambe.

— Vas-y, accouche, gronda-t-il, ou bien je flanque une allumette dans ton réservoir d'essence.

Ce disant, il commençait à dévisser le bouchon du réservoir.

Le gars ne douta pas un instant que son agresseur hésiterait à mettre sa menace à exécution.

— Non... non, bégaya-t-il, blafard. Attendez, je vais vous dire... On... on vient là pour protéger la bonne femme.

— La protéger de quoi ?

— Je... on n'en sait rien. Faut pas qu'un mec entre dans la maison quand son vioque n'est pas là... ou que quelqu'un la suive si elle s'en va.

— Qui vous a confié ce boulot ?

— Le chef. Hank.

— Hank comment ?

— Davis.

— Où crèche-t-il ?

— Pas idée. Il était avec nous. C'est le premier de nous tous que vous ayez viré en faisant votre *wheeling* (1).

— Depuis quand surveillez-vous le bungalow ?

— Depuis hier seulement. Dites... vous ne pourriez pas me dégager ? J'ai terriblement mal.

— Une minute. Hier au soir, pourquoi m'avez-vous emmerdé ?

Les sourcils du jeune gars se haussèrent, et sa face tiraillée par la douleur exprima de l'étonnement car, jusqu'ici, il n'avait pas pu discerner les traits de son interlocuteur casqué.

— Ah ? C'était vous ? On nous avait signalé un type avec un coupé Mustang. S'il se pointait dans les environs, on devait le dégoûter.

— Ça va, *rocker* à la manque, grommela Coplan. Tu diras à ton copain Hank Davis, s'il n'est pas dans le plâtre pour quelques semaines, qu'il n'a pas intérêt à se retrouver sur mon chemin. Compris ? Une dernière chose : votre bande a-t-elle déjà veillé sur la sécurité de Nancy Gordon auparavant ?

L'autre fit un signe négatif.

— La première fois qu'on doit s'occuper de

_____

(1) Wheeling : manœuvre consistant à rouler sur la roue arrière, l'autre restant en l'air.

cette nana. Est-ce pour son joli cul que vous alliez chez elle, ou quoi ?

— Pas tes oignons. Boucle-la au sujet de ce que je t'ai demandé, sinon je te retrouverai, fiston. Et je te casserai comme du bois sec.

Coplan se redressa, se mit en devoir de remettre sur les roues les 250 kgs de métal sous lesquels un des membres du loubard était écrasé. Il poussa la moto vers le bas-côté de la route, la rejeta froidement sur le flanc.

Le propriétaire de la machine gémit, tout en essayant de reprendre appui sur ses jambes :

— Vous pourriez faire attention. Déjà que vous me l'avez détraquée à moitié !

— Soucie-toi plutôt de ton pote. J'ai l'impression qu'il est dans les pommes. Salut !

Francis enfonça le kick, redémarra en direction de Middletown. Il n'avait qu'un faible espoir de rattraper le nommé Davis, mais si par hasard la machine de ce dernier en avait pris un coup, une possibilité subsistait.

Francis eut toutefois du mal à reconstituer l'itinéraire qu'il avait suivi en sens inverse. Il parvint à rallier Highland Street au prix de quelques rectifications de son parcours, suivit cette artère sur une bonne partie de sa longueur. Les bonshommes qu'il avait bousculés successivemment semblaient s'être évaporés dans la nature : un calme vraiment campagnard régnait sur la localité déserte.

Coplan continua de croiser dans les parages, à l'affût d'un traîne-la-patte qui pousserait sa mécanique détériorée. Il finit par devoir se rendre à l'évidence : ou bien Davis s'était planqué quelque part hors de la vue d'éventuels automobilistes, ou bien il avait pu regagner ses pénates.

Coplan fit demi-tour pour revenir au bungalow. Cette fois, il allait loger sa moto dans le garage attenant, resté ouvert depuis le départ de l'ingénieur à son travail.

Lorsqu'il eut rejoint la demeure, il vira d'emblée vers le garage, y entra et coupa les gaz. Ayant ôté son casque et ses gants, il ressortit, eut un haut-le-corps. Deux individus, qui devaient s'être planqués derrière un massif d'arbustes, se dirigeaient vers lui, armés de pistolets dotés d'un silencieux.

L'un des hommes dit à voix basse :

— Suivez-nous sans faire d'esclandre, Mr Coplan. Il y va de votre vie.

Pas de doute, Nancy était bien gardée. Quant à ces types-là, ils avaient des allures de professionnels et un gabarit impressionnant.

— Vous suivre où ? s'enquit Francis, son casque sous le bras.

— Pas loin d'ici. Marchez jusqu'à notre voiture, là-bas.

Ils se tenaient à plus de deux mètres, écartés d'autant l'un de l'autre, prêts à répondre à une attaque surprise. Coplan avança, passa entre eux, à la fois furieux, fortement déçu et intrigué.

Ils l'escortèrent jusqu'à une Chevrolet noire stationnée dans une voie latérale, l'invitèrent à monter devant, à côté du conducteur. Puis la voiture démarra en silence. Le canon d'un pistolet restait appuyé sur la nuque de Coplan.

Après quelques secondes, l'inconnu qui lui avait adressé la parole auparavant reprit :

— Nous avons voulu éviter un geste inconsidéré de votre part, Mr Coplan. Et aussi réduire au minimum notre présence devant la maison des Gordon.. Cela dit, il est temps que nous ayons une explication.

— A quel sujet ? maugréa Francis sans tourner la tête.

— Au sujet de Jean Lefront. Tenez-vous absolument à suivre le même chemin que lui ?

Coplan inspira.

— Pour cela, il faudrait que je le connaisse, ce chemin. Auriez-vous des renseignements là-dessus ?

— Pas encore, dit l'inconnu. Nous en cherchons, et nous supposons que vous faites de même. Comme vous êtes seul, cela pourrait vous entraîner aussi loin que votre compatriote : vers une destination dont personne ne revient.

La voiture empruntait la route de Lancaster, une ville distante d'une cinquantaine de kilomètres.

— Nous ne sommes pas vos adversaires, précisa l'homme. Nous voulons simplement vous empêcher de prendre des risques inutiles, comme vous l'avez fait ce soir, par exemple.

La pression du canon cessa de s'exercer.

— Cigarette ? offrit le conducteur en exhibant un paquet de Stuyvesant.

Coplan en prit une, l'alluma, en aspira longuement une bouffée.

— Si vous commenciez par me dire qui vous êtes ? suggéra-t-il en exhalant la fumée. Jusqu'à présent, cette conversation ressemble plutôt à une partie de colin-maillard.

— Tout à fait d'accord, opina son interlocuteur. Etalez franchement votre jeu, et ensuite je vous édifierai sur notre intervention.

— Okay. J'agis à titre privé, à la demande de la famille du journaliste, compte tenu du fait que la police n'arrive à rien.

L'Américain assis derrière Coplan eut un raclement de gorge.

— Ce n'est pas tout à fait exact, mais je peux compléter : vous tâchez de faire d'une pierre deux coups. Non seulement vous voulez éclaircir le mystère de la disparition de Lefront, mais aussi découvrir une preuve que l'affaire de Three Mile Island n'a pas été un accident au vrai sens du terme. Correct ?

Coplan se sentait dans une mauvaise posture. Ce type essayait de lui tirer les vers du nez en le mettant en confiance. Aussi jugea-t-il préférable de se taire.

L'autre lui posa une main sur l'épaule.

— Je vais vous rassurer sur nos mobiles : nous aussi, nous cherchons une preuve de ce genre. Nous aussi, nous sommes des privés. Nous travaillons pour la compagnie, et Gene Cohn était l'un des nôtres.

Là, Coplan fut assez surpris.

— Cohn était un détective ?

— Certainement. Il avait été mis en place dans la centrale même pour observer ce qui s'y passait, aussitôt que la compagnie s'est aperçue que le hasard seul n'avait pas été la cause d'un désastre de 700 millions de dollars.

— Mais... elle a défendu son personnel, envers et contre tout !

— Bien entendu. Ouvertement. Mais la haute direction technique s'est rendu compte que la campagne déclenchée par Winding dans le « Star » n'était pas dénuée de fondement. Et elle a voulu procéder à sa propre enquête. Elle a confié ce travail à notre agence.

— Bon Dieu ! proféra Coplan. Mais comment en êtes-vous venu à vous intéresser à moi ?

— Gene Cohn, le premier, a aiguillé notre attention sur vous. Nous opérons en liaison avec le F.B.I., Mr Coplan. Nous savions que Jean Lefront était tombé dans une trappe à New York après être venu enquêter ici. Et puis vous débarquez à Harrisburg, soi-disant pour une question de pompes. Mais vous rapportez à l'hôtel une collection de numéros du « Star », qui n'a rien d'une revue technique.

— Savez-vous à qui Gene Cohn avait téléphoné avant d'être descendu ? l'interrompit Coplan.

— Non.

— A une fille nommée Laura King. Je me trouvais chez elle à ce moment-là. Pourquoi lui a-t-il demandé si j'étais allé chez les Gordon ?

Les autres occupants de la Chevrolet parurent très intéressés.

— Ce soir-là, Gene avait assisté à une réunion d'écologistes, mais nous ignorions qui il avait appelé, avoua le conducteur. Je peux cependant répondre à votre question : Cohn était inquiet pour vous. Lefront, aussi, avait été reçu chez les Gordon, et nous soupçonnons cet ingénieur de n'être pas blanc comme neige dans les incidents qui ont fini par paralyser la centrale.

Un silence plana.

Pour Francis, les choses semblaient prendre une tournure cohérente, mais de nombreux points restaient en suspens.

— Ce soir, indiqua-t-il, pourquoi m'avez-vous intercepté alors que je voulais avoir un entretien avec Nancy Gordon ?

Le détective assis à l'arrière se renversa contre le dossier de la banquette.

— Parce que je croyais le moment venu de procéder à un échange d'informations, dévoila-t-il. Vous menez votre jeu d'une certaine façon, nous recourons à d'autres méthodes. Mais, de toute manière, nous ne tenons pas à ce que vous soyez la troisième victime de cette affaire. Mon nom est Dean Mac Cartney. Et voici mon collègue, Jerry Watkins. Nous appartenons tous les deux à l'Agence *Winwood and Company,* Vérifications, contrôles et sécurité.

— Content de vous connaître. Moi, à ce qu'il me semble, je n'ai pas besoin de me présenter.

— Non, fit Mac Cartney en secouant la tête. Je ne veux pas vous inciter à mentir. Il suffit que nous soyons d'accord sur un point essentiel : vous, comme nous, souhaitez démêler les fils du complot qui a provoqué cet immense grabuge aux States et en Europe, non ?

— Oui.

— Comme Lefront s'était efforcé de le faire avant nous tous ?

— Effectivement.

— Bon. Alors nous possédons un terrain d'entente. Et je peux encore vous éclairer sur un point : depuis cet après-midi, nous avons placé une dérivation sur la ligne téléphonique des Gordon. Quand nous vous avons entendu appeler Nancy, après onze heures du soir, nous nous sommes dits que vous prépariez quelque chose qui ne concordait pas avec nos plans.

— C'est-à-dire ?

— Frapper trop bas. Car je présume que vous ne veniez pas voir cette jolie femme pour coucher avec elle, hein ? Surtout pas après avoir vu Laura King.

Coplan se massa la nuque.

— D'accord, concéda-t-il. J'avais un autre objectif. Mais au fait, ces motards qui tournent autour du bungalow sont peut-être d'autres auxiliaires de l'Agence Winwood ?

Watkins et Mac Cartney sourcillèrent.

— Qu'est-ce que vous racontez ? bougonna le premier. Vous avez vu des motards dans les environs ?

— Vous avez dû arriver en retard sur les lieux. Non seulement je les ai vus, mais j'ai eu une bagarre avec eux.

Mac Cartney dit à son collègue :

— Arrête-toi quelques minutes, Jerry. Nous devons tirer tout cela au clair.

A Coplan :

— Nous, c'est Oliver que nous avons tenu à l'œil jusqu'à présent. Qu'est-ce que sa femme vient faire là-dedans ?

La Chevrolet s'immobilisa sur le bas-côté de la

route ; alors les trois hommes purent discuter plus commodément.

— Vous avez placé une écoute sur la ligne, mais moi j'ai introduit un micro dans la place depuis 48 heures, révéla Coplan. Expliquez-moi où vous en êtes dans vos investigations. Je vous dirai ensuite ce que j'ai rassemblé par mes propres moyens. Je veux bien coopérer avec vous, mais à la condition que ce soit réciproque.

— Okay, rien de plus légitime, approuva Mac Cartney. Ce qui compte, ce sont les résultats. L'assassinat de Cohn a été un coup dur pour nous, car cela prouve qu'on l'avait repéré comme indicateur. Votre aide sera la bienvenue.

Il s'éclaircit à nouveau la voix, reprit :

— Nous avons la conviction qu'Oliver Gordon a été l'instrument de quelqu'un, ou d'un groupe, et probablement d'une association d'écologistes. Ces gens sont terriblement actifs, aux States ; leurs objectifs ne sont pas toujours aussi angéliques qu'ils en ont l'air. Pour votre gouverne, le F.B.I. sait que plusieurs mouvements, et non des moindres, ont été noyautés par des éléments d'extrême-gauche manipulés par l'Union Soviétique, ici comme en Europe, au Japon et même en Australie (1). Mais si nous

_____

(1) Il est à présent de notoriété publique que des associations telles que *Survival, Glamshell Alliance* et *Libération News Service,* aux États-Unis, les partis communistes suédois, norvégien, danois et allemand de l'Ouest, en Europe, le groupuscule *Socialist Workers Party* en Australie et le groupe terroriste Armée rouge japonaise, parmi bien d'autres combinent le militantisme politique

sommes à peu près certains de la culpabilité de
Gordon sur le plan technique, rien ne permet
encore de prouver sa collusion avec l'une de ces
ligues. Toute notre tactique est basée sur le
sentiment de sécurité que doivent éprouver
Gordon et sa femme. C'est pourquoi nous avons
craint que vous n'entamiez une action qui torpil-
lerait nos efforts. N'allez donc pas leur flanquer
la trouille.

avec une violente hostilité à l'énergie nucléaire industrielle.
Dans les pays occidentaux, uniquement. Pas en U.R.S.S.
ni dans les pays satellites.

CHAPITRE IX

Coplan hocha la tête et préleva une autre cigarette dans la poche de poitrine de sa combinaison.

— Pour moi, au contraire, le moment semblait venu de crever l'abcès, rétorqua-t-il. Comme vous, je suis persuadé qu'il y a une organisation derrière Oliver Gordon, mais à mon avis sa femme joue un rôle prépondérant dans la combine, et je me proposais de la mettre au pied du mur. Etes-vous au courant du fait qu'elle est la maîtresse d'Eddie Winding ?

Watkins et Mac Cartney eurent un réflexe d'incrédulité.

— Non ? fit le premier en arquant les sourcils.

— Vous l'auriez su si vous aviez branché plus tôt votre écoute sur sa ligne téléphonique. Mais les rapports entre Nancy et le journaliste ne se limitent pas à des relations sexuelles. La femme semble jouer un rôle d'agent de liaison, avec l'accord d'Oliver.

— Tiens-tiens, dit Mac Cartney d'un air songeur. Voilà qui apporte de l'eau à notre moulin. Eddie est en cheville avec Buck Martin, le

président de l'association écologiste appelée
« Comité de sauvegarde pour la Sécurité publique ». Nous avons un indicateur dans ce groupement. Martin a confié à Winding le soin de
démolir le rapport de la Commission d'enquête
du Congrès.

— Ça, je l'ignorais. En tout cas, je vais vous
confier quelque chose qui rend l'histoire encore
plus mystérieuse : les Gordon et Winding n'ont
strictement rien à voir avec le meurtre de Gene
Cohn. Les conversations que j'ai entendues ne
laissent aucun doute à ce sujet.

A nouveau, les mines des deux détectives
exprimèrent une grande perplexité.

— Qu'est-ce que c'est que ce mic-mac ?
grommela Mac Cartney. Et ces motards dont
vous parliez tout à l'heure, d'où sortent-ils,
alors ?

— Je me le demande. Je les ai balancés dans
les pâquerettes l'un après l'autre pour agrafer le
dernier. Il m'a révélé que le chef de la bande
s'appelait Hank Davis, que leur boulot était
d'empêcher quiconque d'entrer chez les Gordon
quand Oliver est absent ou d'empêcher qu'on
file Nancy quand elle s'en va. Qui plus est : le
couple ne semble pas se douter que cette surveillance existe.

Il y eut un silence. Les trois hommes se
contemplèrent alternativement, puis Watkins
remarqua :

— En vous bagarrant avec ces types, vous
avez encore aggravé votre situation. Maintenant, ils vont vous avoir dans le collimateur, pour

sûr. Vous feriez mieux de quitter Harrisburg, Mr Coplan.

— Pas question, trancha Francis. Désormais, vous allez me couvrir : ce sera la meilleure méthode pour démêler cet imbroglio.

Levant une paume, Mac Cartney maugréa :

— Minute. Laissez-nous digérer vos informations, qu'on voie le parti qu'on peut en tirer. Le schéma serait donc le suivant : via Winding et Nancy, le groupement d'écologistes aurait convaincu Oliver de saboter des appareils de la centrale. Pour empêcher qu'on découvre les dessous de l'opération, une équipe chargée de dépister les curieux et de brouiller les cartes aurait été mise en piste. Celle-ci aurait éliminé votre compatriote, puis Gene Cohn. Très bien. Mais comment pourrions-nous en obtenir des preuves ?

— En mettant le grappin sur Hank Davis. Ce type a dû recevoir des instructions de quelqu'un.

— Hum, ouais, convint l'Américain. Et vous seriez prêt à servir d'appât ?

— Que je le veuille ou non, je le suis devenu.

Coplan consulta sa montre bracelet, qui marquait minuit moins le quart. Il enchaîna :

— Nancy doit s'imaginer que je l'ai menée en bateau. Que vais-je faire : la contacter par téléphone ou m'amener chez elle ? De toute façon, je dois récupérer ma moto.

— Okay, nous allons retourner à Highland Street, décida Watkins en lançant le démarreur. Ça nous donnera le temps de réfléchir.

La voiture repartit en sens inverse, adopta une allure modérée.

Les agents de la *Winwood Cy* étaient plutôt embarrassés, ne sachant trop par quel bout attaquer le problème. En principe, le menu fretin ne les intéressait pas. Ils visaient à décortiquer les mécanismes d'un complot qui avait causé un préjudice colossal à la compagnie d'électricité, sans plus.

Quant à Coplan, leur théorie trop simpliste ne lui plaisait qu'à demi, en dépit de son apparence plausible. L'affaire ne sentait pas l'amateurisme d'une association d'amis de la nature. Et ceux-ci, habitant la région, n'auraient pas poussé l'aveuglement jusqu'à financer une opération qui pouvait tourner à la catastrophe pour la population.

— Dans l'immédiat, dit Mac Cartney, le mieux serait que vous alliez voir Nancy Gordon et que vous lui fassiez croire que vos intentions étaient purement galantes. Peut-être que ça vous dédouanera ?

— Si elle consent encore à m'ouvrir sa porte... Elle doit être à cran. Enfin, je peux toujours essayer.

— A toutes fins utiles, nous resterons dans les parages jusqu'à ce que vous ressortiez. Et si jamais ces motards réapparaissent, nous tâcherons d'en épingler un.

— D'accord.

Plus une parole ne fut prononcée jusqu'à l'arrivée à Middletown. Les détectives et Coplan, aux aguets, promenèrent les yeux sur le quartier que traversait la voiture, mais tout semblait parfaitement normal.

Francis, avant de quitter les deux Américains à l'angle de Highland Street, leur déclara :

— Quoi qu'il advienne, nous devrons nous concerter demain pour la conduite à tenir. Téléphonez-moi dans la matinée.

— Entendu, approuva Mac Cartney. Avez-vous une arme ?

— Non.

— Je vous en procurerai une. Il se pourrait que vous en ayez besoin.

— Salut, dit Francis.

Il emprunta le trottoir menant au bungalow, les nerfs un peu tendus malgré tout. Le moins qu'on pût dire, c'est que les voitures de patrouilles de la police ne se manifestaient pas souvent dans ce secteur.

Arrivé sans encombre au domicile des Gordon, il appuya sur le bouton de sonnerie, entendit le carillon résonner à l'intérieur. La porte d'entrée était pourvue d'un viseur optique permettant d'identifier les visiteurs. Quelques secondes s'écoulèrent, puis le battant s'écarta.

— Je ne vous attendais plus, chuchota Nancy avec une expression mécontente. Pourquoi êtes-vous venu si tard ? J'allais me mettre au lit.

De fait, elle était vêtue d'un déshabillé vaporeux, fendu sur le côté, les pieds chaussés de mules à haut talon.

— Je m'excuse, il m'est arrivé une aventure désagréable, expliqua Francis à voix basse tout en pénétrant dans la maison. J'ai été pris à partie par une bande de voyous, et j'ai mis du temps à me débarrasser d'eux. Après, j'ai failli vous téléphoner pour décommander le rendez-vous, mais... je n'ai pas pu m'y résoudre.

— Vous avez été attaqué ? s'étonna la jeune femme, anxieuse.

— Au moment précis où je venais de m'arrêter devant votre bungalow, il y a une bonne demi-heure. Vous comprenez, je ne tenais pas à provoquer une algarade près de chez vous. J'ai entraîné ces types hors de la localité.

— Oui, j'ai entendu des bruits de motos, mais c'est tellement courant, dit Nancy en l'accompagnant dans la salle de séjour discrètement éclairée par un lampadaire. Enfin, je vois qu'il ne vous ont pas fait grand mal.

Coplan la détailla, déposa son casque et ses gants sur la moquette, s'interrogea sur le degré de sincérité de son hôtesse. Impossible de discerner si elle était vraiment satisfaite de l'accueillir ou si elle déplorait qu'il eût échappé à ses poursuivants. En revanche, la légèreté de son déshabillé ne laissait planer aucune équivoque sur la beauté de ses formes.

Renseigné comme il l'était sur les penchants de Nancy, et désireux d'écourter cette entrevue dont la raison initiale avait changé, Francis ne tarda pas à justifier sa venue : il enlaça fermement son interlocutrice et l'embrassa sur les lèvres tout en écartant, sous la ceinture, les pans de son déshabillé.

Prise de court par cette robuste offensive, Nancy esquissa une molle résistance avant de s'abandonner au baiser de son agresseur, d'autant plus que, simultanément, ce dernier lui imposait une caresse aussi douce qu'insistante sous la toison de son pubis.

Lorsqu'elle put enfin reprendre haleine, elle balbutia :

— Vous... décidément...

D'autorité, il lui reprit la bouche. Sa main remonta jusqu'à un sein de la jeune femme et l'enveloppa d'une paume brûlante. Les sens de Francis ne pouvaient manquer de réagir au contact de la nudité de l'Américaine, dont le corps souple et satiné attisait invinciblement son désir.

— Je voulais que vous soyez à moi, lui murmura-t-il à l'oreille tout en la serrant contre lui pour la pétrir des épaules à la croupe. Vous l'aviez sûrement deviné. Je sais que vous êtes mariée, que je n'ai pas le droit, mais c'est plus fort que tout.

Déjà, il avait tiré vers le bas le curseur de la fermeture à glissière de sa combinaison, extrait de son slip le témoignage évident de son excitation.

Saisie sous les aisselles, Nancy se sentit soulevée de terre.

— Oh non, souffla-t-elle en écartant les jambes, ses mains croisées derrière le cou de son partenaire. Vous ne devriez pas...

Mais, consentante, elle s'affaissait peu à peu sur le solide pénis tendu pour s'enfouir tout entier en elle. Les yeux noyés, les narines palpitantes, Nancy réunit ses talons dans le dos de Francis.

Bien qu'il fût ensorcelé par la séduction charnelle de la femme, il éprouva envers elle un

singulier mélange d'animosité et d'attirance mal-
saine. Agrippée, elle jouait des reins, s'emparait
de lui avec lascivité tout en collant sa bouche à la
sienne, et il eut alors la révélation du plaisir aigu
qu'elle pouvait prodiguer à un homme, telle un
succube insatiable, perpétuellement avide de
sève masculine.

Soudain, il n'y tint plus : s'agenouillant sur la
moquette pendant que Nancy restait rivée à lui,
il se pencha pour la coucher en douceur ;
ensuite, il la posséda sans retenue, stimulé par
les gémissements enivrés qu'elle exhalait. Puis
ce fut le gouffre.

Lorsqu'il eut repris ses esprits, Francis songea, non sans cynisme, qu'il s'était surpassé pour
donner le change à l'épouse d'Oliver. Celle-ci,
les traits défaits, sourit en levant les yeux vers
son assaillant.

— Tu m'as violée, prétendit-elle avec autant
d'indulgence que de mauvaise foi. C'est du
propre !

Il mentit sans vergogne :

— L'autre jour, j'avais inventé un prétexte
pour être reçu chez toi. Et quand j'ai compris
que j'avais une chance, je n'ai plus pu fermer
l'œil.

Il se dégagea des jambes fuselées qui l'enser-
raient encore, se releva et tendit la main à Nancy
pour l'aider à se redresser.

Debout, et tout en refermant les pans de son
déshabillé, elle considéra Francis d'un regard
ambigu.

— Ce soir-là, je m'imaginais que tu étais venu

pour autre chose, marmonna-t-elle. Tu me regardais à peine.

— Il fallait bien que je sauve les apparences. Oliver m'avait paru assez jaloux et soupçonneux.

— Il sait pourtant que je suis une femme fidèle, assura Nancy avec un aplomb stupéfiant. Ceci ne m'est jamais arrivé, tu peux me croire.

Cette tranquille affirmation de la diablesse montrait quel crédit on pouvait accorder à ses paroles.

— Tout le monde peut connaître un moment d'égarement, prononça-t-il. A présent, il vaudrait peut-être mieux que je m'en aille ?

— Je t'avoue que je suis fatiguée, reconnut Nancy en réprimant un bâillement. J'ai eu une rude journée, figure-toi. Mais on peut se revoir demain peut-être ? Ailleurs, de préférence.

— Je t'appellerai dans la matinée, pendant qu'Oliver dormira, car je ne sais pas encore comment je devrai organiser mon programme.

Il la reprit dans ses bras, lui décerna un baiser impudent, ajouta :

— Puisque nous serons forcés de nous séparer bientôt, nous devrons mettre les bouchées doubles, tu ne crois pas ?

— Je le prendrai où et comme tu voudras, promit-elle gravement.

*
* *

— Eh bien, le Français n'a pas fait traîner les choses en longueur, confia Mac Cartney à

Watkins lorsqu'ils virent Coplan sortir du bungalow.

— On en apprend, des trucs, grommela l'autre détective. Je n'aurais jamais pensé que la femme de Gordon était une aussi chaude garce. Winding d'un côté, celui-là en plus.

Durant leur veille, ils n'avaient rien décelé d'insolite dans Highland Street. Les fameux motards évoqués par Coplan semblaient s'être dilués dans la nuit.

La Chevrolet des agents de la *Winwood Cy* n'en suivit pas moins le Français jusqu'à son hôtel. Quand ils l'eurent vu pénétrer dans l'établissement, ils résolurent de retourner à l'endroit où se tenait leur collègue chargé de l'écoute de la ligne téléphonique des Gordon. Ils apprirent par ce dernier qu'aucune communication n'avait eu lieu depuis celle de onze heures. Donc, après le départ de Gordon, Nancy n'avait appelé personne.

Alors, les deux détectives rentrèrent à leur domicile.

Mais Coplan, quand il avait demandé sa clé au concierge, s'était vu remettre un télégramme. Il ne le décacheta que lorsqu'il se fut enfermé dans sa chambre.

Le message, émanant de Deprivat, annonçait ceci :

« Direction E.D.F. a porté plainte pour tentatives de sabotage commises dans la centrale nucléaire de Bugey. Membres du personnel interrogés par la police. Actes de malveillance ou de vandalisme ont affecté circuits électriques et tuyauteries du circuit secondaire, *comme à*

Harrisburg (1). Situation très préoccupante. Activez l'enquête. »

Coplan déchira le télégramme en menus morceaux, l'esprit ailleurs. Les hommes de la *Winwood* avaient beau dire, une longue expectative n'est pas toujours payante. Secouer le cocotier se révèle souvent plus efficace.

* *

Mac Cartney appela dès neuf heures et demie du matin.

— J'ai du neuf, annonça-t-il. Le bureau s'est renseigné auprès de la police municipale de Harrisburg. Le nommé Hank Davis est répertorié. Il a déjà encouru plusieurs petites condamnations. Un délinquant mineur, comme on dit. Comme par hasard, il est affilié à l'association écologiste C.S.S.P. Vous voyez, le cercle se resserre.

— On dirait, admit Coplan, réservé. Que comptez-vous faire ? Vous n'avez rien contre lui qui puisse motiver une arrestation.

— Rien jusqu'à présent, mais ça pourrait venir. Ce type-là ne va pas vous tenir quitte de l'affront que vous lui avez infligé hier, croyez-moi. Il tient trop à passer pour un dur, ça se voit sur sa photo anthropométrique. A part ça,

(1) Authentique. Des articles de G. Daudon et F. Buyable, publiés dans *L'Aurore* les 7 et 8 juin, ont apporté une série d'informations sur des sabotages dont cette centrale a été l'objet et dont certains ont été revendiqués par une cellule révolutionnaire.

comment les choses ont-elles marché avec la fille ?

— Pas trop mal. J'ai fait ce qu'il fallait pour qu'elle me croie vraiment amoureux d'elle.

— Je n'en doute pas, laissa tomber le détective. Etes-vous toujours disposé à collaborer ?

— Bien sûr. A condition que vous mettiez le paquet, et vite.

— Alors, allons-y gaiement. Dans une demi-heure, un colis sera remis par nos soins au concierge de l'hôtel. Ce paquet contiendra un automatique chargé. Demandez qu'on vous l'apporte séance tenante. Ensuite, allez vous balader à pied dans Cumberland Street et achetez quelques bricoles, puis rentrez au *Nationwide*. Après, je vous passerai un coup de fil.

— Entendu.

Coplan raccrocha, sa main restant posée sur le combiné. Puis il souleva le récepteur et forma le numéro des Gordon.

La première sonnerie avait à peine retenti que Nancy répondait. Francis, d'une voix contenue, lui déclara :

— Je ne serai pas libre ce matin, chérie. Ne pourrais-tu pas t'échapper dans le courant de l'après-midi ?

— Oui, ça tombe bien. Il se trouve qu'Oliver doit aller chez son médecin à 3 heures. Je partirai tout de suite après lui. Viens en voiture au parking de Walnut Street, en bordure de Reservoir Park, vers trois heures et quart. J'y laisserai la mienne, je te rejoindrai et je t'indiquerai un motel du côté de Paxtang Manor. O.K. ?

— C'est noté. A tout à l'heure.

— 'Bye !

Le type de la *Winwood* avait sûrement enregistré la communication, et il la transmettrait à Mac Cartney.

Peu après, Francis entra en possession du colis annoncé. Celui-ci contenait un Colt Super 38 à neuf coups, que Coplan glissa dans sa ceinture.

Il sortit de l'hôtel, l'allure dégagée, et commença par longer Front Street, sur la rive du Susquehanna. Le temps était radieux, plus chaud que la veille.

Tout en marchant, Coplan se remémora son entrevue avec Winding. Ce dernier avait menti en prétendant qu'il n'avait pas entendu parler de Lefront. Nancy lui avait certainement signalé que ce dernier était venu chez elle.

Tout comme elle avait dû l'informer de la visite de Francis.

L'histoire était en train de se répéter.

Les articles tapageurs de Winding lui avaient fourni une excellente couverture. Se posant en champion de la sécurité publique, il ne pouvait être soupçonné d'avoir partie liée avec les coupables du désastre.

Ce type est un fumier, avait affirmé Laura. Un arriviste forcené, avait renchéri Gene Cohn. Mais Winding était-il capable d'aller jusqu'au meurtre ?

Coplan bifurqua à l'angle de Cumberland Street, s'arrêta devant des vitrines de cette rue commerçante. Sous ses dehors insouciants, il devait se tenir à carreau pour ne pas regarder derrière lui.

Mieux que personne, il savait que la protection discrète exercée par Mac Cartney et ses collègues était aléatoire. Il connaissait la mentalité des privés, aux U.S.A. Ils étaient capables de le laisser descendre pour, enfin, sauter sur le paletot d'un gars de la bande adverse, pris sur le fait, peut-être aussi complice de l'assassinat de leur camarade Gene Cohn.

Francis entra dans un vaste drugstore afin d'y acheter du dentifrice et de la mousse à raser. Ceci lui offrit un prétexte pour lancer des coups d'œil dans plusieurs directions, sans donner cependant l'impression qu'il s'intéressait au visage d'autres clients.

De même, lorsqu'il déboucha de nouveau dans la rue, assez animée à cette heure. Il n'était pas exclu qu'on surveillât ses mouvements, mais peu probable qu'on l'agressât dans cette foule.

Par acquit de conscience, il prolongea sa promenade pendant une vingtaine de minutes encore, puis il reprit le chemin de l'hôtel, pas fâché d'en avoir terminé avec cette corvée.

L'appel téléphonique de Mac Cartney se fit attendre. Finalement, tout de même, la sonnerie tinta.

— Rien, dit le détective. Personne ne vous a collé au train. Au fond, le motard que vous aviez questionné a sans doute jugé préférable de ne pas le raconter à Davis. Et aucun des autres loubards ne sait que c'est à l'homme de la Mustang qu'ils ont eu affaire.

— Vous pourriez avoir raison, convint Francis, un peu déçu malgré tout. Nous ferons un autre essai ce soir : je retournerai au bungalow avec ma voiture dès qu'Oliver aura tourné les talons. Au fait, vous a-t-on signalé que j'ai rendez-vous avec Nancy cet après-midi ?

— Oui, effectivement. C'est même pour ça que j'ai tardé à vous contacter. Sachez qu'après votre conversation, elle a aussitôt téléphoné à Winding pour lui apprendre qu'elle vous avait reçu la nuit dernière et qu'elle devait vous revoir cet après-midi.

— Ah bon ? Et qu'a-t-il dit ?

— Il s'est mis en colère et l'a traitée de tous les noms, ajoutant qu'elle en faisait trop, que ça ne servait à rien, que... pardonnez-moi, je répète les termes exacts, qu'il suffisait qu'elle baise avec trois bonshommes et qu'elle n'avait pas besoin d'en chercher un quatrième.

— Ho ! Lui a-t-elle dévoilé où elle comptait m'emmener ?

— Non.

Un silence régna.

— Ecoutez, reprit Coplan. Le mec motorisé que j'ai interviewé hier soir m'a avoué qu'une des tâches de leur équipe est d'empêcher qu'on prenne Nancy en filature quand, en l'absence de son mari, elle se rend quelque part. Puisque ces conditions vont se réaliser, vous devriez les mettre à profit.

Son correspondant réfléchit longuement avant de répondre :

— Oui, évidemment, ce serait une occasion... Mais...

— Mais quoi ?

— Nous ne pouvons pas être partout à la fois. Qui nous garantit qu'Oliver Gordon va se ren-

dre réellement chez son médecin et pas ailleurs ?
Est-il prudent, d'autre part, de ne pas vous
couvrir pendant que vous irez à ce motel ?

— Voulez-vous, oui ou non, prendre le taureau par les cornes ? A force de tourner autour
du pot, vous ne savez plus où donner de la tête.
Il faudrait vous décider à choisir une piste, et
vous y cramponner.

Mac Cartney lâcha un long soupir.

— D'accord, capitula-t-il. Démerdez-vous
avec votre chérie. Nous allons embarquer un de
ces lascars.

CHAPITRE X

Sachant où Nancy devait se rendre, Mac
Cartney et Watkins s'étaient postés assez loin du
bungalow pour ne pas éveiller l'attention. Ils
étaient arrivés sur place vers deux heures et
demie, donc bien en avance. Watkins avait
même pu faire à pied une ronde dans Highland
Street afin de repérer, le cas échéant, un ou
deux motocyclistes à l'arrêt, en train de bavarder ou d'effectuer une réparation à leur
machine.

Revenu auprès de Mac Cartney, il lui
déclara :

— C'est le calme plat. Aucun motard en vue.

— Gordon n'est pas encore sorti de chez lui.
Ils rappliqueront probablement après.

Habitués aux longues attentes, ils prirent leur
mal en patience, non sans surveiller dans le
rétroviseur les mouvements de véhicules qui se
produisaient de temps à autre aux alentours du
312.

Lorsque la Ford Granada de l'ingénieur
déboucha sur la chaussée, leur intérêt se
réveilla. La berline s'éloignait en sens inverse,

ce qui les dispensa de se tasser sur leur siège. Il était trois heures moins dix.

Des minutes s'écoulèrent sans que la petite *Fiesta* de Nancy apparût à son tour.

— Elle doit se faire une beauté, plaisanta Watkins. Elles sont toutes pareilles, quand il s'agit de cocufier leur mari.

Mais son collègue n'avait pas envie de blaguer. Il dit :

— D'après Cohn, Gordon souffre de troubles nerveux. Pourvu que cela ne soit pas aggravé. Si on parvenait à le coincer, il serait fichu de plaider l'irresponsabilité, la déficience mentale.

— Avec un numéro comme son épouse, les contrariétés ne doivent pas lui manquer. D'autant qu'il sait qu'elle voit souvent Winding.

Mac Cartney se retournait parfois pour jeter un regard par la vitre arrière.

— Je trouve qu'elle met quand même un peu trop de temps à s'apprêter, marmonna-t-il. Elle va arriver en retard au rendez-vous.

— Ça n'aurait rien d'extraordinaire, souligna Watkins, philosophe. Tu as déjà vu une femme arriver à l'heure, toi ?

— Les ringards qui sont censés la protéger ne se manifestent pas non plus.

— Peut-être qu'ils n'ont pas été prévenus à temps.

Le masque soucieux, Mac Cartney secoua la tête.

— A mon avis, quelque chose ne tourne pas rond. Je veux en avoir le cœur net.

Il se mit en devoir de descendre de la voiture et, avant de refermer la portière, il ajouta :

— Si elle filait pendant que je ne suis pas là, prends-la en chasse sans m'attendre. Je me débrouillerai pour te rattraper en taxi.

Son collègue fit un signe d'acquiescement. Le détective partit alors d'un pas vif vers la maison des Gordon, qu'il atteignit en quelques minutes. Sans s'arrêter ni ralentir, il jeta un coup d'œil vers le garage resté ouvert. Ses mâchoires se serrèrent et il fit brusquement demi-tour, accéléra son allure.

Quand il remonta dans la Chevrolet, il grommela :

— J'ai comme qui dirait l'impression qu'on nous a eus. La *Fiesta* n'est plus là. Elle a dû foutre le camp bien avant son mari, la garce.

— Merde, maugréa Watkins. Maintenant, de quoi on a l'air ?

— Tout ça ne me plaît pas, bougonna Mac Cartney en décrochant le radio-téléphone qui mettait la voiture en communication avec le siège de l'agence.

Quand il eut l'opérateur de garde, il demanda :

— Passe-moi le patron, Joe. C'est urgent.

L'instant d'après, il entendit la voix grasseyante de Winwood.

— Nous sommes dans Highland Street, l'oiseau s'est envolé et on n'a pas vu les corbeaux, confia-t-il dans le micro. Etes-vous d'accord pour qu'on aille au motel de Paxtang Manor ? Je ne suis pas tranquille au sujet du Français.

— Foncez, dit Winwood sans la moindre hésitation.

Watkins avait déjà remis le moteur en marche. La voiture s'élança, vrombissante.

— Avec un peu de chance, on y arrivera encore avant eux, estima Mac Cartney.

En effet, en partant de Middletown, la route directe était plus courte qu'en passant par Reservoir Park où Nancy avait dû rejoindre Coplan.

En une vingtaine de minutes, les détectives atteignirent Progress Avenue, une route semi-rurale en bordure de laquelle s'érigeaient les pavillons du motel, dans un entrelacs d'allées bétonnées. Mais on ne pouvait y accéder qu'en passant devant un bureau d'accueil précédé d'une barrière amovible. Chaque pavillon était doté d'un garage privé, afin que les voitures des pensionnaires ne dussent pas stationner en plein air, ce qui aurait compromis leur anonymat.

Watkins stoppa une centaine de mètres au-delà du chemin conduisant à la réception, sachant que si la Mustang arrivait en provenance de Reservoir Park, elle serait contrainte de les croiser.

A cette heure de l'après-midi, il y avait très peu de trafic sur cette voie périphérique.

Tout en observant les environs, Mac Cartney, mal à l'aise, bougonna :

— Winding a dit à Nancy Gordon qu'il suffisait qu'elle baise avec *trois* bonshommes, et qu'elle n'avait pas besoin de s'en taper un quatrième. Je serais bien curieux de savoir qui est le troisième.

— Comment ça ? fit Watkins, qui n'avait pas

attaché beaucoup d'importance aux reproches du journaliste.

— Eh bien, oui : il y a le mari, puis Winding, l'amant, et le Français, désigné comme le quatrième. Qui peut être le troisième élu de cette vertueuse bergère ? Un privilégié dont Winding semble s'accommoder ?

Une expression dubitative imprégna les traits de Watkins.

— Tu tiens à dresser une liste complète des types avec lequels elle s'envoie en l'air ? s'enquit-il, un peu narquois. Alors, tu n'es pas sorti de l'auberge, au train où ça va.

— Tout est louche, dans cette combine. Le moindre détail peut avoir un sens.

— Pour le moment, je serais plutôt enclin à me demander pourquoi Mrs Gordon a jugé bon de s'en aller si tôt, avec plus d'une demi-heure d'avance, au vu et au su de son mari, alors qu'elle avait dit au Français qu'elle partirait tout de suite après lui.

La nervosité de Mac Cartney grandissait.

— Pourvu qu'elle n'ait pas ménagé un traquenard à Coplan entre Reservoir Park et Paxtang Manor, supputa-t-il sombrement. Là, nous serions refaits dans les grandes largeurs.

— Si j'allais filer un billet de 10 dollars au type du bureau d'accueil pour qu'il me dise si une Mustang a pénétré récemment dans le motel ?

Son collègue, le regard fixe et les traits tendus, lui agrippa soudain le poignet.

— Attends, murmura-t-il. Il me semble que la bagnole arrive.

De fait, une Mustang bleu foncé venait d'apparaître dans la perspective de la route. Les agents de la *Winwood* la suivirent des yeux tandis qu'elle approchait. Ils eurent le temps d'identifier ses occupants lorsqu'elle les croisa.

— Ouf, lâcha Mac Cartney, rassuré. Il n'y a pas eu de pépin.

En se retournant sur leur siège, ils constatèrent que la voiture virait vers l'entrée du motel. Reprenant ensuite leur attitude normale, ils échangèrent un clin d'œil de connivence, songeant l'un et l'autre que le couple allait s'offrir du bon temps.

Mais leur détente fut de courte durée car ce qu'ils aperçurent les remit instantanément en alerte : un motard exécutait un virage en épingle à cheveu, à quelque distance de leur voiture, et repartait à fond de train dans la direction d'où il était venu.

Exactement comme si, ayant suivi la Mustang pour savoir où elle se rendait, le conducteur de la moto, édifié, tournait bride pour en informer quelqu'un.

— On lui cavale après ? proposa Watkins, la main sur la clé de contact.

— Non, le retint son coéquipier. Nous ne lâchons plus Coplan d'une semelle, quoi qu'il advienne.

*
* *

Au bout d'une heure et demie, les deux détectives commencèrent à trouver que Nancy et son compagnon exagéraient. Pour tromper leur impatience, ils grillaient une cigarette après l'autre. Mac Cartney avait signalé à l'agence qu'ils étaient sur place et qu'ils avaient une raison supplémentaire d'y rester.

— C'est pas vrai, finit par grogner Watkins. Tu ne vas pas me dire qu'il la tringle pendant tout ce temps-là ? Ils doivent roupiller, ma parole.

— Le fait est qu'il prend son rôle à cœur, rétorqua l'autre un peu aigrement. Qu'est-ce que ça doit être quand il est vraiment mordu ?

— A moins que malgré sa promesse il lui ait flanqué une volée pour la faire parler.

— J'en viendrais presque à le souhaiter.

Ils étaient fatigués de se creuser la cervelle et de se livrer à des suppositions stériles. Pourtant, au fond d'eux-mêmes, ils pressentaient qu'il y avait du grabuge dans l'air.

D'autres voitures étaient entrées dans le motel ou en étaient sorties, suscitant chaque fois un espoir chez les agents de la *Winwood*. Enfin, Watkins, qui gardait les yeux fixés sur le rétroviseur, sortit soudain de son apathie et prononça :

— Ce coup-ci, c'est la bonne. Les voilà !

— Démarre, enjoignit Mac Cartney après avoir vérifié. Puisqu'ils doivent retourner à Reservoir Park, mieux vaut les précéder que les suivre. Tu connais le chemin.

La berline accéléra fortement pour ne pas se laisser doubler par le coupé Ford, roula vers la bifurcation de Progress Avenue et de Canby Street, distante d'un bon kilomètre. Parvenue à cet embranchement, elle fit marcher son cligno-

tant de gauche et serra vers le milieu de la route
pour amorcer son virage.

Ce fut alors seulement que les détectives
distinguèrent un attroupement de motards qui
semblaient discuter sur le bas côté de l'autre
voie.

— Crénom ! lâcha Watkins, instinctivement
tenté de freiner.

— Continue ! ordonna son collègue. Fais
comme si de rien n'était. Ce n'est sûrement pas
après nous qu'ils en ont. Tu te rangeras un peu
plus loin.

Les types enfourchaient précipitamment leur
machine, sans s'intéresser toutefois à la Chevrolet. Celle-ci les avait dépassés lorsqu'ils entamè-
rent un étonnant chassé-croisé.

Coplan les vit également quand il eut atteint le
croisement, et il sut d'emblée que les choses
allaient se gâter. A côté de lui, Nancy ouvrit de
grands yeux effrayés, car les motards leur bar-
raient résolument le passage. Une collision
paraissait inévitable.

Coplan écrasa la pédale de frein au point que
les pneus crièrent en raclant le macadam.

— Les connais-tu, oui ou non ? demanda-t-il
sèchement à la jeune femme. Ce sont les mêmes
qu'hier soir.

— Mais non ! s'exclama-t-elle. Que nous veu-
lent-ils ?

Alors que deux d'entre eux restaient plantés
devant le capot, les autres tournaient comme des
bourdons autour de la voiture, énigmatiques et
anonymes sous leur équipement. Certains

avaient un poignard fiché entre leur combinaison et leur botte.

L'un des malfrats immobilisa son engin près de la vitre ouverte.

— Sortez de là ou on crève tous vos pneus ! vociféra-t-il pour couvrir le bruit des moteurs, à l'adresse de Coplan. La dame peut rester où elle est.

Francis était décidé à n'exhiber son arme qu'en cas d'extrême nécessité, s'il y était acculé par une légitime défense caractérisée. Il ouvrit la portière en jetant à Nancy :

— N'essaye surtout pas de démarrer, ne panique pas.

Tandis qu'il descendait de la voiture, trois des individus avaient également mis pied à terre. L'un tenait une lame, les deux autres une chaîne de vélo. Adossé à la carrosserie, Coplan les vit converger vers lui. Le plus grand du trio, porteur d'un casque bleu métallisé, articula d'une voix provocante :

— Paraît que je ne devais pas me retrouver sur votre chemin ? Qui c'est qui va la prendre, la raclée ?

— Pas moi, dit Coplan, les traits inertes.

Ils se ruèrent soudain vers lui, leur arme brandie. Coplan fit un brusque écart du côté où se tenait Hank Davis, bloqua d'une main son bras levé, empoigna simultanément la manche de l'autre bras et pivota d'un quart de tour en propulsant son adversaire, avec une brutalité inouïe, contre son voisin qui frappait dans le vide. Les deux hommes percutèrent violemment la voiture alors que le troisième, interdit, cherchait sa cible.

Trébuchants, ulcérés, les trois motards firent volte-face. Mais, à présent, c'était eux qui manquaient de recul.

— Vous m'avez attaqué, souligna Francis ironiquement. Vous êtes trop cons, tas de ballots !

Le type resté indemne, fou furieux, fit tournoyer sa chaîne pour en fouetter la face de l'Européen, lequel fléchit les genoux et lui expédia latéralement sa chaussure dans l'épigastre, cassant ainsi son élan et le renvoyant avec force contre la voiture, le souffle coupé.

Reconnaissable à son casque bleu, Hank Davis bondit à son tour vers Coplan et, d'un balayage de sa botte, tenta de lui casser la cheville. Mais, inexplicablement, une impulsion imprimée à son propre talon lui emporta la jambe, le fit tourner sur lui-même et perdre l'équilibre, si bien qu'il s'effondra sur les fesses en battant des bras.

Voyant comment deux de ses copains avaient été accueillis, le dernier devenait beaucoup moins chaud pour passer à l'offensive. A son blouson, Coplan vit que c'était un type qu'il avait interrogé la veille, après l'avoir renversé. Profitant de son hésitation, Francis se paya le luxe de décocher encore un coup de pied dans le casque de Hank Davis, avec autant de vigueur que s'il avait voulu envoyer un ballon dans les filets à trente mètres. Puis il plongea tête en avant dans les tripes du malfrat, sans même s'apercevoir qu'une autre bagarre se déclenchait à quelques mètres de lui.

Watkins et Mac Cartney, survenant au galop sur les lieux, étaient tombés par surprise sur le dos des deux motards qui, restés sur leur machine pour empêcher la Mustang de démarrer, avaient observé avec une inquiétude grandissante le déroulement de l'algarade. Ceux-ci furent saisis à bras-le-corps, désarçonnés et flanqués par terre avant d'avoir réalisé ce qui leur arrivait. Leurs Harley, dont le moteur continuait à tourner au ralenti, dégagèrent promptement la route et furent basculées sur le flanc dans le petit fossé qui la longeait.

Alors les détectives vinrent prêter main-forte à Coplan, aux prises avec l'enragé dont il avait défoncé l'estomac. Ils arrivèrent juste à temps pour voir le type s'écrouler en se tenant les testicules à deux mains et en beuglant comme un perdu.

— C'est celui-là qu'il nous faut, indiqua Francis en montrant du menton le corps affalé de Hank Davis. Je l'embarque dans ma voiture et l'un de vous va l'accompagner. Mais, avant qu'on le cuisine, je vais ramener Mrs Gordon au parking.

D'un clin d'œil, il leur fit comprendre que Nancy ne devait pas assister à l'interrogatoire, ce qui leur convenait parfaitement.

Sur ces entrefaites, d'autres automobilistes intrigués par ce qui se passait et croyant à un accident, ralentissaient à la hauteur de l'attroupement. Mac Cartney, par de grands signes du bras, les invita à poursuivre leur chemin.

En un temps record, Davis fut transféré dans la Mustang sous les regards médusés de ses acolytes, lesquels étaient trop échaudés pour oser s'y opposer. Watkins monta à l'arrière avec le prisonnier, Coplan reprit le volant et partit en flèche, tandis que Mac Cartney courait vers sa voiture, abandonnant à leur sort les éclopés et leurs motos couchées.

Nancy était blafarde, bouleversée. Visiblement, elle ne comprenait rien à l'échauffourée dont elle avait été le témoin. Ou alors, elle jouait la comédie avec une habileté consommée.

— J'avais déposé une plainte, lui expliqua Francis. Ces voyous sont tombés dans le piège que la police leur avait tendu. L'inspecteur qui est assis derrière va mettre sur le gril le chef de la bande. Il paraît qu'ils s'amusent depuis des semaines à embêter les gens.

— Mais... comment ont-ils su que tu allais passer à cet endroit ? questionna la jeune femme, déconcertée.

— Nous le saurons bientôt, après t'avoir déposée au parking.

La présence de Watkins empêcha Nancy de revenir plus longuement sur le sujet. Que des policiers eussent, par la même occasion, appris qu'elle venait de commettre un adultère l'ennuyait considérablement. Elle espéra que son identité resterait dans l'ombre.

Pour toute sécurité, le détective avait passé les bracelets à Hank Davis. Ce dernier, passablement sonné, avait du mal à sortir de son abrutissement.

A Reservoir Park, Coplan s'arrêta devant

l'entrée du parking pour laisser descendre sa passagère.

— Je t'appellerai après dix heures, promit-il. Ne te fais pas trop de soucis. Tu n'as rien à voir là-dedans.

Elle le gratifia d'un regard sibyllin, lui pressa la main et s'esquiva sans tourner la tête vers Watkins. La Mustang repartit, toujours suivie par la Chevrolet de l'autre privé.

— Guidez-moi, dit Francis. Où allons-nous à présent ?

— Continuez droit devant vous, jusqu'à l'autre côté du fleuve, puis tournez sur la droite et remontez vers Marysville. Il y a des coins tranquilles dans cette région plus montagneuse.

Davis, persuadé jusqu'à ce moment-là qu'il était tombé dans les mains des flics, commença à dresser l'oreille.

La voiture atteignit assez rapidement le Taylor Bridge, d'une longueur d'un bon mille, et Watkins reprit :

— Vous savez, les choses ne se sont pas du tout passées comme prévu. La fille et son escorte avaient déjà déguerpi quand nous sommes arrivés à Highland Street. Alors, nous avons demandé au patron s'il était d'accord qu'on vous rejoigne à Paxtang Manor.

— J'avais repéré votre bagnole en arrivant près du motel, lui révéla Coplan. Et aussi après, quand vous m'avez précédé, mais je ne m'attendais pas à rencontrer ces zèbres.

— En tout cas, vous avez pris votre temps, dit le détective avec une nuance de reproche. Quelle salope ! Elle va coucher avec vous, et elle refile le tuyau à ces truands pour qu'ils vous lessivent à la sortie.

Puis, décernant un coup de coude dans les côtes de Davis :

— Pas vrai, mec ?

Toujours coiffé de son globe antichoc, l'interpellé maugréa :

— Je vous entends mal. Pourriez pas ôter mon casque ?

Watkins le délivra de son Bell rembourré, examina sa physionomie d'asocial hirsute, conforme à la photo anthropométrique.

— C'est Nancy Gordon qui t'a mobilisé, avec ton équipe, et qui t'a indiqué l'endroit ?

— Non, déclara Davis. Elle ne nous a jamais adressé la parole, cette gonzesse.

— Alors, comment as-tu su que ce monsieur allait s'amener là ?

Le type lui coula un regard oblique teinté d'anxiété.

— Qu'est-ce que vous êtes, au juste ? s'enquit-il. Et où m'emmenez-vous ?

— Tu le verras bien, mon gars. Contente-toi de répondre aux questions, si tu ne veux pas qu'on te fasse péter la gueule. Je t'ai demandé comment vous avez su que la Mustang devait se pointer sur cette route ?

Davis soupira, laissa tomber :

— Aucun problème. J'ai pisté la bonne femme jusqu'au parking. Là, j'ai cru que c'était loupé : elle est montée dans la Buick d'un ponte qui ne ressemblait pas à celui-là. (De la tête il désignait Coplan.) Mais je ne l'ai pas lâchée. Vingt minutes après, elle est ressortie de la bagnole ; alors, après avoir regardé dans tous les sens, elle s'est dirigée vers celle-ci.

Watkins et Francis tiquèrent, se demandant tous deux qui pouvait être l'homme de la Buick.

— Une minute, dit Coplan. Ce type qu'elle a vu, n'a-t-il pas une trentaine d'années, des cheveux bruns et une longue figure avec de gros sourcils ?

— Ah non, pas du tout. Il devait avoir une cinquantaine de berges, sa bouille est plutôt ronde et colorée, et ses cheveux sont gris. En plus, il a une moustache et des lunettes.

Le détective enchaîna :

— C'est donc toi qui as fait demi-tour, à Progress Avenue, quand tu as vu que la Mustang pénétrait dans le motel ?

— Ouais. Mais qu'est-ce que ça peut vous foutre, en définitive ? On avait un compte à régler avec votre copain parce qu'il nous avait cherché des crosses. Un blessé, trois bécanes endommagées, et puis il me lance encore un défi, par-dessus le marché ! Vous croyez qu'on pouvait écraser, après tout ça ?

Coplan eut à nouveau le sentiment qu'il n'était pas sur la bonne longueur d'onde. Attentif à sa conduite, il vit un panneau de signalisation annonçant Marysville à 9 milles.

— Faut-il traverser le patelin ou bifurquer avant ? demanda-t-il à Watkins.

— Entrez dans la localité, et prenez ensuite la première route à gauche, la 850.

Jusqu'à présent, ils avaient suivi la rive gauche du fleuve. De part de d'autre, le relief devenait plus accentué, montrant les contreforts des

Montagnes Bleues dont les chaînes parallèles sont coupées par le lit du cours d'eau.

Dès qu'elle eut quitté Marysville, la voiture aborda un magnifique décor naturel, aux vastes étendues couvertes par endroits de forêts, à flancs de coteaux.

— Tu vois, on t'emmène à la campagne, dit Watkins sur un ton faussement paterne. Si tu espères nous rouler dans la farine, ça ne te réussira pas, je te préviens.

Un coup d'avertisseur retentit derrière eux. C'était Mac Cartney qui annonçait un dépassement. Il accéléra, appuya sur la gauche et doubla la Ford en faisant des signes de la main pour l'inviter à ralentir.

Ensuite, il effectua une magistrale queue de poisson, ses feux de freinage s'allumèrent et sa Chevrolet alla s'immobiliser un peu plus loin sur le bord de la route. Il en descendit aussitôt, les traits altérés, courut à la rencontre de l'autre véhicule.

— Bordel! hurla-t-il. Savez-vous ce que je viens d'apprendre par radiotéléphone? Oliver Gordon s'est fait descendre il y a deux heures en sortant de chez son médecin!

CHAPITRE XI

Coplan, Watkins et Hank Davis accueillirent la nouvelle avec la même stupeur.

— Grand Dieu ! proféra le détective. Celle-là, c'est la meilleure. On lui a cloué le bec, à lui aussi !

Francis s'était fait la même réflexion.

— Vous voyez ! lui lança Mac Cartney. On n'aurait pas dû l'abandonner. Maintenant, nous risquons de ne jamais connaître le fin mot de l'histoire ! La police va battre le beurre comme dans les deux autres cas. Et ce n'est pas votre minable qui va nous tirer du pétrin !

Dominant sa rogne, Coplan déclara d'une voix posée :

— Du calme, mon vieux. Prenons quand même le temps d'y voir un peu plus clair. Et cela ne doit pas empêcher qu'on pose quelques questions à ce branlé. Ça me paraît encore plus urgent, au contraire.

— Pour sûr, approuva Watkins. Davis vient déjà de nous révéler un tuyau intéressant. Il doit en avoir d'autres dans sa manche.

Désemparé, Mac Cartney se passa une main

sur le front, tergiversa, puis finit pour bougonner :

— Bon, merde. Au point où on en est. Où comptes-tu le trimbaler, ce tordu ?

— A la cabane de Foster Peak.

— Okay. On y va.

Les deux voitures y parvinrent en une dizaine de minutes. La cabane en question, inoccupée depuis des mois, avait servi à des forestiers.

Les quatre hommes y entrèrent, et Watkins envoya d'une bourrade le motard contre la cloison en planches.

— Tu dois savoir quelque chose, à propos de ce meurtre, grinça-t-il. Le tueur, c'est un type de ta bande, hein ? Avoue-le tout de suite, corniaud, sinon tu vas salement déguster, je te le dis !

— Mais non ! hurla presque Davis, la figure décomposée. Je n'en ai rien à foutre, moi, de ce crime.

Watkins allait lui envoyer un direct dans la face mais Coplan le retint et dit :

— Attendez. Je crois qu'il dit la vérité. Le point le plus important, c'est de savoir qui lui donne des consignes.

Hank Davis s'écria :

— Oui, d'accord, j'ai fait le con. Ça, je le reconnais. Mais on n'a jamais tué. On travaille au forfait, pour gagner un peu de flouze. Des bricoles. Une filature, flanquer les jetons à quelqu'un, ou lui foutre une trempe, des choses comme ça. Mais on va pas se mouiller dans un meurtre !

— Explique, intima Coplan. Vide ton sac une

bonne fois. Qui t'a donné cette mission d'empêcher qu'on suive Nancy Gordon ?

Davis, baissant la tête, grommela :

— Ben quoi, c'est pas illégal.

— Raison de plus. Réponds.

Réticent, mais sachant qu'il ne s'en tirerait
pas avec des faux-fuyants, Davis avoua :

— Sonny Fontana.

La satisfaction de Mac Cartney éclata :

— Hein ? Qu'est-ce que je vous avais dit ?
Cela nous ramène toujours aux écologistes ! Ils
sont derrière toute l'affaire, je vous le garantis.

— Pas trop vite, lui jeta Coplan.

Puis, à Davis :

— Donc, c'est Fontana qui te paie, qui te
donne des instructions, t'indique les heures où
tu dois monter la garde avec tes copains ?

— Ouais.

— Quand t'a-t-il mobilisé, aujourd'hui ?

— Un peu avant midi.

— Et quels étaient les ordres ?

— Comme d'habitude. On devait aller à
Highland Street vers deux heures un quart,
vérifier si quelqu'un prenait la femme en filature
quand elle sortirait, s'arranger pour faire perdre
sa trace, si c'était le cas.

— Et si personne ne lui filait le train ?

— Terminé. On pouvait se débiner.

— Mais toi, au lieu de ça, tu l'as pistée pour
ton propre compte ?

— Je supposais qu'elle allait peut-être vous
retrouver, et qu'on pourrait régler la facture.

Coplan, se détournant vers les détectives, leur
posa la question :

— Par qui Fontana est-il renseigné ? Selon vous, Nancy n'a eu qu'une seule communication après m'avoir donné rendez-vous, celle avec Winding. Mais elle n'a pas dit au journaliste où elle voulait me conduire. Alors ?

La mine contrariée de Mac Cartney montrait à suffisance qu'il n'était pas en mesure de résoudre cette énigme.

Son collègue lui dévoila :

— Au parking, la fille a vu un autre type avant de monter dans la voiture de Coplan, Davis l'a constaté.

— Ah ? fit Mac Cartney en haussant les sourcils. Quel genre de type ?

— Un quinquagénaire costaud à l'allure de businessman, qui l'attendait au volant d'une Buick. Je me suis demandé si ce n'est pas le fameux *troisième*.

Son interlocuteur, méditatif et perplexe, le dévisagea. Puis il se prit le menton, le malaxa.

— Qui sait ? marmonna-t-il. C'est bien possible. Mais, pour l'intant, ça ne mène à rien. En revanche, Fontana semble être la charnière du système.

Coplan appuya :

— Ça ne fait pas un pli. D'après le peu que je sais de lui, il n'a pas assez d'envergure pour avoir monté un coup pareil. Et surtout pas assez de fric pour soudoyer un homme comme Oliver Gordon.

Il y eut un silence.

L'assassinat de l'ingénieur hantait tous les esprits et apportait une complication supplémentaire. Hank Davis, lui, semblait ne rien comprendre aux propos échangés devant lui.

Coplan l'interpella :

— Si Sonny apprend que tu as fourré le nez où il ne fallait pas et que tu as outrepassé ses directives, tu risques d'avoir de très gros ennuis, bonhomme. On meurt beaucoup dans l'entourage de Mrs Gordon. Donc, écrase. Et dis-nous où il crèche, ton Fontana.

L'autre ne se fit pas trop prier, espérant qu'il pourrait tirer son épingle du jeu.

— Il a une piaule du côté de Linglestown, une vieille baraque peinte en jaune, au-delà de Fort Hunter, à gauche sur la route 39. Mais il n'y est pas souvent, je vous préviens.

Les agents de la *Winwood* et Coplan se consultèrent du regard. Mac Cartney, désirant avoir avec ses compagnons un entretien auquel n'assisterait pas Davis, leur proposa :

— Allons dehors. Toi, Hank, n'essaie pas de sortir avant qu'on t'ait fait signe.

Lorsqu'ils furent à l'extérieur, les trois hommes s'éloignèrent de quelques pas, et Mac Cartney reprit à mi-voix, un peu découragé :

— La disparition de Gordon nous place devant une fichue situation. En fait, nous sommes le bec dans l'eau. Les déclarations de Davis ne permettent même pas de coincer Fontana. Celui-ci aura beau jeu de prétendre qu'il agissait à la demande du mari. Et rien ne l'accuse d'être mêlé aux meurtres. Nous devrons y réfléchir à deux fois avant de déplacer le prochain pion.

— D'accord, fit Coplan. Qui plus est, nous n'avons même rien de tangible contre Nancy et

Winding, sinon qu'ils se rencontrent clandesti-
nement. Ce qui n'est pas terrible, comme
charge.

Watkins, qui regardait par terre, émit sourde-
ment :

— Tâchons quand même de raisonner en
fonction de ce que nous savons. Par téléphone,
la femme de Gordon n'a dit à personne, sinon à
vous, que son mari allait chez le médecin cet
après-midi. Pourtant, le meurtrier devait être au
courant, lui. Or, Nancy quitte son domicile
avant son époux et, au parking, elle a un
conciliabule avec un inconnu. On peut donc en
déduire qu'elle vous a donné rendez-vous à
Reservoir Park *parce qu'elle avait un autre
rendez-vous au même endroit,* une demi-heure
auparavant, *et qu'elle ne pouvait pas le manquer.*

— Indiscutable, approuva Francis. Mais
quelle est votre conclusion ? Que Nancy voulait
simplement se décommander, auprès de ce quidam, pour venir au motel avec moi ? Ou bien
qu'elle l'a renseigné sur la visite qu'Oliver allait
rendre chez son médecin ?

— L'un n'exclut pas l'autre, figurez-vous.
L'hypothèse qu'elle soit de mèche avec l'assassin
vous paraîtrait-elle absurde ?

— Non, sûrement pas, admit Francis. J'ai
rarement vu un être aussi amoral, aussi dissimulé. Mais quel intérêt pourrait-elle avoir à se
débarrasser d'un mari complaisant qu'elle
manœuvrait à sa guise ?

Silencieux jusque-là, Mac Cartney maugréa :

— Il s'agirait de s'entendre. Sommes-nous
payés pour élucider des affaires de cul ou bien

pour démontrer que la centrale a été sabotée volontairement ?

Hochant la tête, Coplan décocha un coup d'œil vers la cabane et répondit avant Watkins :

— Je crains que ces deux aspects du problème soient étroitement liés. Avec une femme telle que Nancy au centre de l'intrigue, il ne pourrait en être autrement. Vous savez, je ne me fais aucune illusion sur sa flambée de passion à mon égard. Cela doit faire partie d'un plan bien élaboré, destiné à me faire perdre les pédales. Supposez que, moi, j'aie eu l'intention de surveiller son mari cet après-midi ?

Watkins fit la grimace.

— Cela aurait bigrement compliqué la tâche du tueur, évidemment, convint-il. Le seul ennui, c'est que nous ne puissions pas torturer la fille pour l'obliger à parler. Et, franchement, je ne vois plus d'autre moyen de sortir de ce merdier.

Coplan posa un regard indéchiffrable sur le détective. Puis il fit quelques pas de long en large et articula :

— Moi, j'en vois un. Vous m'avez dit que vous possédiez un indicateur parmi les adhérents du C.S.S.P. Je voudrais savoir quand se tiendra la prochaine réunion de ces écologistes.

*
* *

Il n'arriva que vers six heures et demie chez Laura King.

— Tu n'es pas en avance, lui reprocha-t-elle. Et tu m'as l'air vanné, en plus.

Coplan, après l'avoir embrassée, eut un geste d'accablement.

— Si tu savais tout ce que j'ai dû faire, depuis hier soir, ça ne t'étonnerait pas. Positivement, je suis crevé.

— Tu t'en donnes du mal, pour tes satanées pompes, persifla-t-elle. Où donc peux-tu courir, à longueur de journée ? Non, laisse-moi tranquille. A quelle heure allons-nous dîner, finalement ?

Ceinte d'un joli tablier qui, heureusement, ne recouvrait pas ses fesses attrayantes moulées dans un jean, elle s'affairait à sa cuisine, mettant casseroles et poêles sur la cuisinière électrique.

— Tu permets ? s'enquit-il. Je voudrais me servir un remontant. Et tu feras bien d'en prendre un aussi.

— Pourquoi ?

— On dirait un fait exprès mais, chaque fois que je viens chez toi, j'ai une mauvaise nouvelle à t'annoncer.

— Allons bon. Mais tu sais, que Nancy et Eddie couchent ensemble, je n'ai pas considéré ça comme une mauvaise nouvelle, quoi que tu puisses en penser.

En familier des lieux, Francis allait prendre verres et bouteilles dans leur cachette, les disposait sur un guéridon. Dans cet appartement confortable, avec Laura, il se relaxait merveilleusement.

D'autorité, il servit deux whiskys secs, alla porter un verre à son hôtesse.

— Mais ceci, c'est pire, enchaîna-t-il. Oliver Gordon est mort.

Interloquée, Laura accepta machinalement son whisky.

— Il s'est suicidé ?

— Non. On l'a tué de deux balles comme il sortait de chez son médecin. Un motocycliste. La radio l'a annoncé à six heures.

— Ça alors, souffla Laura, sidérée. On en veut décidément au personnel de la centrale.

Elle but une bonne lampée d'alcool, les yeux toujours fixés sur Francis, puis poursuivit :

— Tu n'as vraiment pas de chance, pendant ton séjour. Deux hommes dont tu avais fait la connaissance, et qui disparaissent d'une manière aussi brutale... Voilà donc Nancy veuve.

Coplan opina de la tête.

— Comment crois-tu qu'elle va encaisser le choc ?

Plissant les lèvres, Laura déclara :

— Elle n'en fera pas une crise de désespoir, si tu veux mon avis. Et je parie à dix contre un qu'elle va t'appeler au téléphone pour t'informer de son malheur. Elle aura besoin de consolation, tu verras.

Il sourit à demi.

— Je te l'ai déjà dit, que tu avais la dent dure.

— C'est le reproche qu'on fait toujours aux gens lucides et sincères, rétorqua-t-elle. En général, pourtant, ils restent en dessous de la réalité.

Apparemment moins affectée par la mort de Gordon que par celle de Gene Cohn, Laura se remit à la besogne.

Francis retourna dans le living et alluma une

cigarette. S'étant affalé dans l'un des fauteuils, il allongea les jambes, contempla ses pieds.

— En dehors de Winding, Nancy a-t-elle eu un autre amant, d'après toi ? lança-t-il à la cantonade.

— Pas que je sache.

— Et avant d'épouser Oliver, que faisait-elle ?

— Elle était vendeuse dans une parfumerie, je crois. A Philadelphie.

Coplan se borna dès lors à savourer sa Gitane et son scotch, tout en se traitant de salaud, jusqu'au moment de passer à table.

Pendant le dîner, Laura émit d'autres considérations sur la fin d'Oliver, tantôt le plaignant, tantôt jugeant que ça valait mieux ainsi, qu'il aurait été malheureux toute sa vie.

— Pour moi, ce meurtre est encore une conséquence des articles incendiaires de Winding, conclut-elle. Il y a toujours des fanatiques qui se mêlent de jouer aux justiciers.

— A propos, que penses-tu d'un type comme Sonny Fontana ? demanda Coplan, aux prises avec un énorme steak. Est-ce toi qui en avais parlé chez Jimmy Wakeson, ou Gene Cohn ?

— C'est lui. Que veux-tu que je te dise ? Fontana est un de ces trotskystes qui, en paroles tout au moins, mettrait le monde à feu et à sang pour le bonheur de l'humanité. Une grande gueule, toujours prêt à semer la pagaille, sans occupation bien définie, se considérant comme une victime de la société. Un paumé, quoi.

— Tu avais dit de lui, si je me souviens bien, qu'il suait l'hypocrisie. Pourquoi ?

Laura releva les yeux vers Francis.

— Je ne sais pas. Une impression. Je n'analyse pas, je ressens.

In petto, il convint qu'elle ne s'était jamais trompée, dans ses jugements. C'en était presque agaçant. Ses opinions semblaient fondées sur du vent, mais elles se vérifiaient par la suite.

— Crois-tu qu'il vit avec une fille ?

— Boh ! Dans son milieu, on pratique l'amour libre. Les filles sont pour l'indépendance de la femme, et elles aiment le changement, les partouzes. Pas du tout le genre à fonder un ménage.

Faisant planer un regard perplexe sur son interlocuteur, Laura demanda :

— Mais qu'est-ce que ça peut te faire, en fin de compte ? Je ne vois vraiment pas en quoi un feignant comme Fontana peut t'intéresser.

Il esquissa une moue insouciante.

— Ce type ne me passionne pas, mais après la mort d'Oliver, succédant à celle de Gene, j'ai repensé à lui. Car ces deux meurtres ressemblent fort à des actes de terrorisme.

— Laisse donc à la police le soin de se casser la tête là-dessus, bougonna Laura. A chacun son métier. Toi, avec tes pompes, tu as déjà plus de boulot qu'il n'en faut. Comme dessert, j'ai acheté un cake. Ça te plaît ?

— Enormément.

Ils passèrent une très agréable soirée.

*
* *

Le lendemain soir se tint au local du Comité

de Sauvegarde pour la Sécurité Publique la
dernière réunion prévue avant la manifestation.
Beaucoup de monde y assistait, car de récents
événements avaient perturbé les esprits des
citoyens de Harrisburg.

Buck Martin, le président, en avait parfaitement conscience ; il entama son discours en
déclarant :

— Je déplore que deux crimes aient, ces jours
derniers, jeté une ombre sur la campagne que
nous menons. Je tiens à proclamer publiquement que je désapprouve des procédés de ce
genre, et que notre mouvement ne saurait en
aucun cas se solidariser avec des attentats ayant
causé la mort d'employés de la centrale. Ce n'est
pas sur ce terrain-là que la lutte doit être portée.
Je soumets donc à vos suffrages une motion
condamnant formellement la violence à l'encontre de personnes physiques. La Justice de notre
pays est là pour rechercher, établir et réprimer
éventuellement les atteintes à la sécurité de la
population.

Une salve d'applaudissements salua cette
prise de position, la majorité des adhérents étant
convaincue que, de toute façon, les lois devaient
être respectées.

Néanmoins, Sonny Fontana et sa clique ne
s'associèrent pas à cette démonstration, par
principe. Ils étaient des révolutionnaires et ne
s'en cachaient pas.

— Merci ! lança Buck Martin en levant les
bras pour calmer le tumulte. Je savais que je
serais votre interprète en procédant à cette mise
au point préliminaire. Mais il ne faudrait pas

non plus que des actes aussi déplorables viennent entraver nos projets. Nous allons donc débattre des conditions dans lesquelles notre manifestation se déroulera.

Pendant que l'orateur déterminait comment le cortège devait être organisé, et qu'il offrait aux assistants d'exprimer leur point de vue, Faye Emerson fut discrètement abordée par sa voisine, une fille au teint très pâle, aux longs cheveux brun foncé, vêtue d'un pantalon de cuir noir très ajusté.

— Votre intervention, lors de la séance précédente, a été très judicieuse, chuchota Susan Winter. Je tenais à vous en féliciter.

Faye Emerson tourna ses grandes lunettes vers sa concitoyenne, et un sourire avenant détendit ses traits.

— Oh, c'est très aimable à vous, soufflat-elle. Nous devons toutes donner le meilleur de nous-mêmes à la cause que nous défendons, n'est-ce pas ?

— Assurément, approuva Susan. Chacune le fait selon ses moyens. Moi, voyez-vous, je n'ai pas fait beaucoup d'études. J'aimerais devenir votre amie. Est-ce que vous n'auriez pas quelques minutes à me consacrer après la réunion ?

Faye Emerson, âgée de 22 ans à peine, blonde au teint aussi frais que son âme, avait une nature encline à se pencher sur les problèmes d'autrui. Un intense besoin de dévouement la tenaillait.

— Très volontiers, répondit-elle avec une expression lumineuse. Ce serait un plaisir, si je pouvais vous être utile en quoi que ce soit.

— Vous le pourriez, certainement. Non seulement à moi, mais aussi à des camarades qui sont dans cette salle. Vous ne refuserez pas de prendre un verre avec nous ?

— Bien au contraire. J'ai toujours pensé que nous, les jeunes, nous souffrions d'un manque de communication.

« Elle marche, cette andouille, songea Susan Winters avec une satisfaction grinçante. Tu vas être servie, ma vieille. Jamais tu n'auras communiqué aussi vachement. »

Mielleuse, elle dit à Faye, en confidence :

— On s'éclipsera dès la fin de la séance, d'accord ?

La jeune femme lui dédia un signe d'assentiment et reporta son attention vers le président.

Susan détourna la tête pour envoyer à Andy Steward un clin d'œil canaille signifiant « c'est dans la poche ». Le destinataire du message, entouré d'autres filles de la bande, retransmit à Sonny Fontana :

— Susan l'a emballée. On va se la farcir, c'est du tout cuit.

— D'accord, mais pas chez moi, spécifia le gauchiste à voix basse.

— T'inquiète pas. Là ou ailleurs, elle n'osera pas le raconter.

Les copines rirent sous cape, enchantées de la bonne blague qu'ils réservaient à cette pudique représentante de la classe bourgeoise. Sa bonne éducation allait en prendre un sacré coup.

*
* *

Au moment où se déroulait la réunion des

écologistes, Coplan roulait à moto sur la route 39, à la recherche de la cabane où habitait Sonny Fontana.

A deux milles au-delà du vieux fort transformé en musée, Coplan aperçut sur la gauche un baraquement peint en jaune qui, antérieurement, aurait pu passer pour un *saloon*. C'était une construction vermoulue du plus pur style Far West, surélevée, avec un large escalier de quatre marches menant à une véranda, dotée d'une porte vitrée à double battant, le tout très délabré. Des volets masquaient les fenêtres, et cette masure se dressait à l'écart de la route, solitaire, sur un terrain dénudé. A sa droite, un appentis devait servir de garage.

Francis engagea sa Kawa sur une superficie caillouteuse et inégale. Il entreprit de faire le tour de cette ruine dont personne, sans doute, ne revendiquait plus la propriété. Un croissant de lune éclairait la plaine et nimbait, au loin, des contreforts montagneux.

A l'arrière, il y avait une rangée de quatre fenêtres dont la plupart des vitres étaient cassées. L'une d'elles était partiellement obturée par du papier fort ou du carton.

Coplan immobilisa sous elle sa machine, arrêta le moteur, ôta son casque, puis il se mit debout sur la selle pour accéder au rebord de la fenêtre. Il poussa sur l'encadrement, qui résista, verrouillé de l'intérieur. Francis défonça le carton, introduisit sa main dans l'ouverture et actionna la crémone rouillée. Il put alors disjoindre les battants, les écarter davantage et se hisser à l'intérieur au prix d'un rétablissement.

Dans la bicoque régnait une obscurité plus dense. Francis projeta aux alentours le faisceau bleuté, très directif, d'une lampe stylo.

On ne pouvait pas dire que la tanière de Sonny Fontana était luxueusement aménagée. Une table de ferme et quelques tabourets occupaient le centre de la grande pièce. Un placard mural, un antique évier et un réchaud de camping composaient la partie cuisine.

Dans un des coins, un lit en fer, jouxté d'une armoire branlante surmontée de sacs de voyage et d'une valise fatiguée, une chaise, une étagère supportant un transistor, quelques livres et des revues pornos, formaient la chambre à coucher.

Des vêtements étaient accrochés un peu partout, des godasses et des baskets traînaient sur le sol. Sur la table subsistaient les reliefs d'un repas que l'occupant des lieux avait dû partager avec un copain : deux assiettes, deux verres, du pain, des boîtes de conserves ouvertes.

Coplan avança vers le centre de la pièce, ne sachant trop par où débuter. Fontana devait détenir un écrit quelconque relatif à ses activités clandestines, une somme d'argent destinée à les financer, et dont il aurait du mal à expliquer la provenance.

Le lit, peut-être ?

Francis souleva le dunlopillo recouvert d'une couverture, passa le bras dessous. Néant. Dans l'armoire, dont la porte s'ouvrit en grinçant affreusement, il y avait un capharnaüm d'objets hétéroclites : outils, pièces de rechange pour moto, des casiers, des sacs en plastique, une provision de cigarettes.

Un craquement figea les gestes de Francis. Ayant attribué ce bruit au changement de température nocturne, qui faisait travailler poutres et cloisons, il poursuivit ses recherches.

L'examen du contenu d'un des sacs de voyage se révéla négatif. Amenant alors la valise poussiéreuse sur le plancher, Coplan s'agenouilla pour l'ouvrir.

A trois mètres derrière lui, le panneau d'une trappe dont il n'avait pas décelé l'existence se souleva imperceptiblement.

CHAPITRE XII

Pour avoir les mains libres, Coplan avait posé sa lampe-stylo sur la chaise, de manière qu'elle laissât tomber un peu de clarté sur ce qu'il était en train de faire.

Il rabattit le couvercle de la valise, contempla ce qu'elle renfermait : divers paquets de tracts, des brochures anciennes contre la guerre du Vietnam, un portefeuille en skaï entouré d'un élastique, deux sachets qui sentaient la marihuana, un revolver à barillet et trois boîtes de cartouches.

Le panneau de la trappe, orienté perpendiculairement par rapport à l'endroit où se tenait Coplan, fut ouvert davantage, et deux yeux luisants affleurèrent le niveau du plancher. Ils repérèrent la silhouette accroupie, éclairée de biais, qui fouillait dans les affaires de Fontana.

L'inconnu tapi au sous-sol était armé d'un pistolet muni d'un silencieux mais, pour braquer son Tokarev dans la direction de l'intrus, il aurait dû, soit se servir de la main gauche, soit repousser plus haut le lourd battant de bois.

Tout en retirant l'élastique enroulé autour de

l'enveloppe en skaï, Coplan s'avisa qu'un courant d'air s'était créé dans la pièce. Il se
détourna une seconde pour en déceler la cause
et discerna un mouvement suspect à ras du
plancher. Un prodigieux réflexe le fit plonger
latéralement tout en balayant sa lampe du revers
de la main.

Trois « plof » successifs retentirent ; l'un des
projectiles émit une étincelle en frappant un
objet métallique, une fraction de seconde avant
que le panneau de la trappe se rabatte complètement avec un grand bruit mat et que le tireur
surgisse d'un bond hors de sa cachette, persuadé
qu'il avait atteint sa cible.

La lampe avait valsé par terre, mais elle ne
s'était pas éteinte ; elle diffusait encore une
lueur bleuâtre dans l'autre coin de la salle.

Etalé sur lc dos, les nerfs tendus à l'extrême,
Coplan dégaina le Colt logé dans l'échancrure
de sa combinaison, fit feu vers l'homme qui,
l'ayant localisé, tournait son arme vers lui, roula
derechef sur lui-même sans se soucier du résultat
de son tir et pointa de nouveau le canon de son
automatique sur son adversaire.

Celui-ci, hébété, chancelait en se tenant
l'épaule droite, incapable de relever son Tokarev et de presser la détente. Ses doigts s'engour-
dissaient au point de ne plus pouvoir serrer la
crosse d'acier.

Couché, la tête relevée, sa main gauche calant
le poignet de celle qui braquait le Colt, Coplan
dut refréner violemment sa tentation de faire
éclater le crâne de son agresseur. Si l'arme de ce

dernier n'était pas tombée sur le plancher à ce moment précis, il aurait été foudroyé sur place.

Coplan, voyant que l'autre était blessé, se redressa d'un élan et marcha vers lui, en scrutant sa physionomie dans la pénombre. L'individu avait indiscutablement le faciès et la chevelure bouclée d'un Arabe. Grimaçant, il trébucha en arrière, effrayé par l'approche du cambrioleur.

— Qui êtes-vous ? Que fabriquez-vous ici ? gronda Coplan, encore survolté.

L'intéressé souda ses mâchoires, plus pour tenir la douleur en échec que par refus de parler. Du sang commençait à dégouliner entre les doigts qui comprimaient sa plaie.

Fléchissant les jambes sans le perdre de vue, Coplan ramassa le Tokarev et l'enfouit dans sa combinaison. Puis, sans relâcher sa vigilance, il alla récupérer sa lampe, en braqua le faisceau sur la figure de l'inconnu. Ce fut alors qu'une intuition lui traversa l'esprit.

— C'est vous qui avez descendu Oliver Gordon, hein ? Vous vous planquez ici à l'insu de tout le monde, sauf de votre ami Sonny, évidemment.

Les yeux papillotants, le type garda bouche cousue ; son expression haineuse témoignait qu'il ne se considérait pas comme vaincu.

— J'ai deux possibilités, articula Francis. Ou bien je vous livre aux flics, ou bien je vous laisse ici avec une balle dans la tempe, tirée par votre Tokarev. Que préférez-vous ? Mais choisissez vite, car j'ai encore à faire dans cette baraque.

— Donnez-moi à la police, prononça le blessé d'une voix rauque.

— D'accord, si vous me déballez tout. Quelle est votre combine, avec Fontana ?

— Je... je crois que je vais m'évanouir.

Coplan le frappa au visage avec son pistolet, lui arrachant une plainte.

— Pas de simagrées. Cause ou je te descends. Qui commande ? Sonny ou toi ?

Malgré sa rage intérieure et sa souffrance, l'homme sut évaluer correctement la situation.

— Bon, d'accord, c'est moi, reconnut-il. Et vous, qui êtes-vous ? Un privé ?

— Oui.

— Alors, on peut s'entendre. Dix mille dollars, ça vous intéresse ?

Coplan arqua les sourcils.

— Dix mille dollars ? Pour quoi faire ?

— Pour foutre le camp comme vous êtes venu, et la boucler. Je vous refile la moitié tout de suite, l'autre moitié sera déposée dans trois jours à l'endroit que vous aurez fixé. Vous n'aurez rien vu.

Il parlait l'anglais couramment, sans trace d'accent américain. S'imaginant que son interlocuteur tergiversait, il reprit :

— Et si vous n'acceptez pas mon offre, quoi qu'il m'arrive, on aura votre peau.

— Très bien, je tiens le pari. Redescendez dans votre niche. Les dollars, je vais mettre la main dessus, de toute façon.

Menaçant, il se posta de manière à faire refluer l'Arabe vers l'ouverture béante. Ce dernier comprit qu'il avait fait un mauvais calcul.

— Attendez. Que voulez-vous savoir, au juste ?

— Tout. Et d'abord, qui fait protéger Nancy Gordon contre d'éventuelles filatures ?

L'homme déglutit. En bon Oriental rompu aux marchandages, il changea de tactique :

— Je vous dis qui c'est, mais après vous me laissez une chance. Si on apprend que j'ai trahi, c'est moi qui serai liquidé.

— Comment le saurait-on ?

— Parce que je suis le seul à connaître l'identité de cet Américain.

— Comment s'appelle-t-il ?

— Curtis Jones.

Ce nom disait vaguement quelque chose à Coplan. Il l'avait déjà entendu, ou lu dans un journal...

— Décris-le-moi, enjoignit-il sèchement.

— Il doit avoir 50 ans, est aussi grand que vous, plus corpulent. Des cheveux gris ondulés, le teint rouge, des yeux bleus.

— Il a une moustache et porte des lunettes ? Possède une Buick

— Oui, exactement. Vous l'avez déjà vu ?

— Pourquoi cette surveillance autour de la femme ?

— Parce qu'il est amoureux d'elle, et qu'il ne veut pas qu'on la suive quand elle va le voir.

Coplan sentit la moutarde lui monter au nez.

— Tu te fous de moi ? grinça-t-il. Les motards montent la garde même quand elle va voir quelqu'un d'autre, et interdisent qu'on entre chez elle quand son mari n'est pas là. Qui avertit Fontana quand ils doivent rôder dans Highland Street ?

— Moi, prévenu par Jones.

— Alors, *tu me connais,* avoue-le !

Le prisonnier marmonna :

— Dans le noir, je n'étais pas sûr que c'était vous.

— Mais tu m'as quand même tiré dessus sans avertissement, par prudence ! Comme sur ceux qui s'intéressent de trop près au sabotage de la centrale, ou ceux dont les nerfs risquent de craquer parce qu'ils en savent trop, comme Gordon.

Vibrant de colère contenue, Coplan fit mentalement un tour d'horizon. Le lieu était mal choisi pour soumettre cet individu à un interrogatoire en règle. De surcroît, le temps manquait : Fontana et sa bande pouvaient bientôt rappliquer. Et il n'était pas question d'emmener le blessé à Harrisburg...

— Emprunte cette échelle, ordonna Coplan en montrant de sa lampe l'ouverture de la trappe.

Comme l'autre hésitait, Francis ajouta :

— Vas-y ou je te balance dans le trou.

L'homme retourna vers la découpe du plancher, s'agenouilla et, à reculons, tâta du pied le premier barreau de l'échelle. De son bras valide, il se retint au bord, puis il amorça sa descente. Sa tête allait disparaître dans l'obscurité quand elle encaissa un choc terrible qui, en l'assommant, le fit dégringoler jusqu'en bas.

Coplan, ayant enfoui son pistolet dans sa combinaison, descendit à son tour dans le soussol. Le local présentait à peu près le même aspect que le logement de Fontana, encore que l'ameublement fût réduit à sa plus simple expression. Ce qui attira d'emblée le regard de Coplan, ce fut un équipement complet de motard, blouson, pantalon de cuir, bottes et casque, entassé sur une vieille chaise. A côté, une paire de sacoches.

*
* *

Il y avait plus d'une vingtaine de minutes que Coplan était plongé dans ses recherches quand il perçut le signal lancé par l'avertisseur d'une voiture arrêtée sur la route, trois courts appels, puis un long.

Alors ses mouvements s'accélérèrent. Il escalada les degrés de l'échelle et, quand il eut repris pied sur le plancher, il l'attira vers lui, la sortit complètement, referma le panneau de la trappe, fit passer l'échelle par la fenêtre du rez-de-chaussée et la jeta plus loin avant de ressortir lui-même, muni de son casque.

Au premier coup de kick, sa Kawa démarra. Il contourna le baraquement et s'élança vers la route en direction de Fort Hunter, à la pousuite de la voiture qui l'avait prévenu. Il ne tarda pas à la rattraper, puis à la dépasser en adressant au conducteur un signe de la main.

Mac Cartney fit clignoter ses phares, accéléra pour doubler Coplan, et tandis qu'ils roulaient de conserve, il lui indiqua qu'il devait stopper. La Chevrolet et la moto s'immobilisèrent l'une derrière l'autre, quelques dizaines de mètres plus loin. Le détective mit pied à terre, vint vers Francis en criant :

— Pas la peine de courir. J'ai quelque chose à vous dire !

Lorsqu'ils furent en état de converser moins bruyamment, Mac Cartney commença par s'enquérir :

— Avez-vous trouvé des indices ?

— Mieux que ça. Mais Fontana ne va-t-il pas rappliquer ?

— Il est aux mains de la police avec d'autres gars de sa bande !

— Qu'ont-ils fait ?

— C'est ce que je voulais vous raconter. L'homme de l'agence qui les tenait à l'œil à la réunion les a suivis quand ils l'ont quittée, afin de me prévenir par la radio que Sonny Fontana n'allait plus tarder à regagner ses pénates. Mais quand il a vu que les types emmenaient avec eux une fille nommée Faye Emerson, il s'est douté qu'ils préparaient un coup fourré.

— Et alors ?

— Notre collègue s'est arrangé pour ne pas les perdre de vue, naturellement. Bien lui en a pris. Ces salopards ont filé vers la banlieue nord et ont entraîné la fille dans le bar routier qui leur sert de quartier général après onze heures du soir. Là, après avoir charrié avec elle, ils l'ont couchée sur une table pour la violer. Fontana a eu la priorité. Voyant ça, notre copain a alerté la centrale, qui a prévenu les flics. Voilà le topo. Moi j'ai jugé préférable de vous faire sortir de là, car la police pourrait profiter de cette inculpation pour perquisitionner chez Fontana, étant donné son orientation politique.

Coplan, plutôt pris au dépourvu par ces nouvelles, hocha la tête et dit :

— Cette histoire a son bon et son mauvais côté, pour nous. A moi de vous mettre au courant : l'assassin de Gene Cohn et de Gordon se trouve dans la baraque de Fontana.

— Quoi ? s'exclame le détective, éberlué.

— Je le parie à mille contre un. Il y a là un Arabe du nom d'Amin Cheito, titulaire d'un passeport saoudien, qui m'a tiré dessus avec un Tokarev à silencieux. Je crois que nous ferions bien d'avoir une entrevue avec votre patron, de toute urgence.

— *Hell !* J'en ai l'impression ! s'exclama Mac Cartney en tournant déjà les talons. Je vais contacter le boss.

Il courut vers sa voiture pour établir la liaison radio, eut une brève communication, revint aussitôt après.

— Suivez-moi, intima-t-il à Francis. Mr Winwood est à son domicile mais il va s'amener au bureau.

*
* *

Moins d'une demi-heure plus tard, cinq hommes tinrent un conciliabule au siège de l'agence. Y assistaient, outre Coplan, Mac Cartney et le patron, l'agent qui avait déclenché l'intervention de la police — un nommé Fuller — et le détective Watkins, mobilisé en raison de sa connaissance de l'affaire.

Après les présentations, Mac Cartney annonça :

— Notre confrère Mr Coplan a fait ce soir une découverte assez sensationnelle, et je lui laisse le soin de vous dire laquelle. Ceci va nous contraindre à prendre une décision rapide, maintenant que Fontana est sous les verrous.

Winwood, un sexagénaire à la face placide, tomba la veste et articula de sa voix grasse :

— Ne nous énervons pas. Relaxez-vous, les gars. La compagnie nous a offert un joli contrat. L'expérience m'a enseigné que des honoraires supérieures à 100 000 dollars en cas de réussite exigent un minimum de réflexion, et rarement une décision rapide. Parlez, Mr Coplan.

L'interpellé relata, en grillant une cigarette, sa fulgurante algarade avec le locataire clandestin de Fontana, ainsi que les suites de cet affrontement.

— Se voyant coincé, ce tueur m'a proposé une prime de 10 000 dollars pour que je me retire du circuit puis, quand il s'est rendu compte que je ne marchais pas, il m'a lâché un nom, celui du personnage que Nancy Gordon a vu à Reservoir Park et qui, paraît-il, la faisait protéger par le groupe de motards. Il s'agirait d'un certain Curtis Jones. Cela vous dit-il quelque chose ?

Les quatre Américains, visiblement abasourdis, le regardèrent comme s'il venait de proférer une incongruité.

Winwood finit par secouer la tête et grommela :

— Ce gredin vous a eu. Il a lâché n'importe quoi.

— Ça ne tient pas debout, renchérit Mac Cartney avec un air dégoûté.

— Pourquoi ? s'étonna Coplan. Vous connaissez un Curtis Jones ?

— Bien sûr, dit Watkins. C'est l'un des deux sénateurs de l'Etat de Pennsylvanie. Votre mec aurait aussi bien pu citer Franklin Roosevelt.

— Attention, il a fourni un signalement qui correspond parfaitement au propriétaire de la Buick. Ça ne peut pas être une coïncidence.

Alors Watkins et Mac Cartney se regardèrent et leur physionomie se transforma comme s'ils entrevoyaient une possibilité.

— Le sénateur n'a pas de moustache ni de lunettes, marmonna le premier, mais à part ça, le bonhomme que nous a décrit Hank Davis ressemble assez à Jones, il faut l'admettre.

— Des lunettes et une moustache, tout le monde peut en mettre pour se déguiser sommairement, souligna Coplan.

— Une minute, intervint Winwood. Ne nous emballons pas. Curtis Jones est une haute personnalité très influente. Avant de s'attaquer à lui, il faudrait y regarder à deux fois et posséder des éléments plus solides que les allégations de cet Arabe. En outre, je ne vois pas pourquoi un ponte de l'acabit du sénateur irait se mouiller dans une histoire pareille.

— Amin Cheito l'a accusé formellement. Il est blessé et ne peut s'enfuir. Vous pouvez donc lui mettre le grappin dessus ou engager la police à effectuer une descente là-bas, suggéra Coplan. J'ai retiré les balles de son Tokarev et laissé l'arme sur place. Une expertise de laboratoire établira si Gordon et Gene Cohn ont été abattus par ce pistolet. De plus, Cheito devra bien donner une explication au sujet de la provenance des 8 000 dollars qu'il détient dans sa cave.

— Ouais, fit le vieux Winwood. Mais alors nous perdrons le bénéfice de l'opération. De deux choses l'une : ou bien la police du comté mènera l'enquête jusqu'au bout, et c'est par elle que la compagnie apprendra le dessous des cartes. Ou bien Curtis Jones, s'il est vraiment mêlé à ce micmac, usera de toute son influence pour que la police noie le poisson. Nous jouerons perdant des deux côtés.

Il promena un regard circulaire sur ses collaborateurs, puis décréta :

— A mon avis, les gars, nous devons mettre cet Arabe en sécurité, ainsi que les pièces à conviction, avant que l'arrestation de Fontana soit connue du grand public. Il est le témoin n° 1. Après, nous allons creuser la vie privée de Jones, à tout hasard.

Coplan, tout en soufflant de la fumée par les narines, eut une mimique désapprobatrice.

— D'accord pour le kidnapping momentané d'Amin Cheito, concéda-t-il. Mais pour le reste, je suis partisan d'une méthode plus expéditive. Le moment est venu de faire parler Nancy Gordon.

CHAPITRE XIII

Vers deux heures du matin, Amin Cheito, transféré dans la propriété personnelle de Winwood, reçut les soins appropriés d'un médecin. Le projectile n'avait pas fait trop de dégâts : il avait lésé le deltoïde en éraflant l'extrémité supérieure de l'humérus. Pansé, ayant reçu une piqûre d'antibiotique et un comprimé analgésique, l'homme, encore agité, tint à se faire entendre.

— Je proteste, articula-t-il. Vous devez me livrer à la police. Je revendique toute la responsabilité de mes actes. J'ai agi pour la cause palestinienne en supprimant trois individus qui voulaient percer le mystère de la mise hors service de la centrale.

Watkins et Winwood, interloqués, le considérèrent avec méfiance, en ayant tous deux le sentiment que l'Arabe cherchait à les égarer.

— Qui avez-vous tué ? questionna Winwood.

— Le Français Lefront, votre collègue Gene Cohn et l'ingénieur Gordon.

— Donc, d'après vous, Gordon était aussi *un enquêteur* ?

— Oui, affirma Cheito, catégorique. Notre objectif étant de saboter le maximum de centrales nucléaires, je ne voulais pas qu'on découvre comment nous avions procédé à Three Mile Island. Voilà. Vous savez tout.

— Alors, que vient faire là-dedans le sénateur Curtis Jones ? grogna Winwood.

— Absolument rien. Ce sont des choses tout à fait séparées. Ne comptez pas sur moi pour l'accuser.

Le patron de l'agence et son collaborateur commencèrent à comprendre. L'Arabe entendait prendre tout sur lui pour protéger l'homme politique, se disant qu'en échange celui-ci essayerait de le couvrir.

Ecœuré, Winwood dit à Watkins à claire et intelligible voix :

— Laissons-le déconner, ce débile. Le coup qu'il a reçu sur la tronche l'a rendu un peu dingue. Attachez son poignet gauche au tuyau du radiateur et allons nous coucher.

Au cours de la matinée suivante, Coplan se rendit en voiture à Highland Street. Il avait prévenu Nancy de sa visite mais il ne fut plus importuné par des motards.

La jeune femme était vêtue en noir, le teint presque livide par contraste, seules ses paupières étant légèrement teintées de vert.

— C'est gentil d'être venu, dit-elle avec un pauvre sourire de veuve à jamais inconsolable. Tu t'imagines. On l'enterre demain.

Arborant une mine adéquate, Francis prit sa main entre les siennes.

— Navré, assura-t-il. Qui pouvait s'attendre à cela ?

— Viens par là. Tu ne pourrais croire combien je suis fatiguée. Ils m'ont interrogée pendant deux heures, hier, à la police. Vraiment, c'est inhumain.

Quand ils furent dans la salle de séjour, elle reprit :

— Tu dois me trouver affreuse, en deuil ?

Elle pivota sur elle-même afin de se montrer sous tous les angles. Sa robe était stricte, certes, mais elle la moulait un peu trop fidèlement, accusant les rondeurs de sa croupe.

— Pas mal, jugea Francis.

— Du noir partout, émit-elle d'un air désapprobateur. Des pieds à la tête. Même en dessous, regarde.

Du bout des doigts de ses deux mains, elle soulevait très haut le bord de sa robe, montrant ses bas à parement retenus par des jarretelles noires, étroites, et un slip diaphane de la même couleur, le tout donnant à la chair laiteuse de ses cuisses une splendeur particulière.

Coplan se gratta la joue. Du coin de l'œil, il avait noté que le bouquet de glaïeuls, quoique fané, se trouvait toujours dans son vase.

— Oui, admit-il. Tu as bien fait les choses, malgré ton chagrin. Dois-tu revoir Mr Jones, aujourd'hui ? Tes dessous lui plairont certainement.

La jupe retomba comme un couperet. Nancy

fixa sur Coplan un regard déconcerté, puis son expression devint nébuleuse.

— De qui parles-tu ? s'enquit-elle, la voix flottante.

— Du sénateur, le type qui possède une grosse Buick, et qui t'attendait à Reservoir Park avant moi l'après-midi où Oliver a été assassiné.

Un silence épais régna. Les traits de Nancy ne bougeaient pas, mais une lueur d'affolement vacilla dans ses prunelles. Francis continua :

— A moins que tu ne te sois mise en frais pour surexciter Eddie Winding ?

La respiration contenue, elle demeurait fascinée, cherchant visiblement à trouver une échappatoire.

Il poursuivit, en la couvrant de ses yeux gris dont la mansuétude virait à une méchanceté sarcastique :

— Lequel des deux bénéficiera le plus de ton veuvage ? Jones, probablement, puisqu'il prenait tant de précautions pour qu'on ne découvre pas que tu le rencontrais. Du moins, il en aurait bénéficié si, toi et lui, vous n'alliez pas voler en taule pour complicité de meurtre.

Nancy parvint à sortir de son apathie.

— Tu... tu es fou, bégaya-t-elle. Où vas-tu chercher des sottises pareilles ?

— De la bouche même du meurtrier. Je l'ai capturé et mis en lieu sûr. Alors, si tu veux réduire la casse et me laisser essayer de te sortir du pétrin, tu devrais me confier pourquoi tu en es arrivée là. Sinon je prends le téléphone et j'appelle les flics.

Les yeux agrandis, elle haleta :

— Tu ne ferais pas ça ? Pourquoi ? On pour-rait encore s'amuser follement, ensemble. Sou-viens-toi, l'autre jour.

— Quand tu m'as conduit à ce motel pour te procurer un alibi, et cacher que tu devais rencontrer Jones ? Lequel a tout juste eu le temps de mobiliser son tueur pour exécuter Oliver.

Soudain, elle porta ses poings à ses tempes et se mit à hurler :

— Je ne savais pas qu'on allait le descendre ! Je te jure que je ne m'en doutais pas ! Tu dois me croire, Francis !

— Quand le sénateur sera inculpé, il t'enfon-cera jusqu'aux oreilles pour ne pas te laisser à Winding. La meilleure façon de t'en tirer serait de jouer franc jeu, au moins avec moi. Combien ton mari devait-il toucher pour ses *négligences,* à la centrale ? Un gros paquet, non ?

Il fit deux pas en avant, agrippa le poignet de Nancy et lui balança une gifle épouvantable qui l'aurait expédiée par terre s'il ne l'avait pas retenue, et il gronda :

— Tu étais de mèche avec Jones depuis le début, pour convaincre Oliver de commettre ses sabotages. Et quand vous avez craint que ses nerfs le trahissent, s'il était interrogé, vous l'avez tout bonnement liquidé !

Sonnée, Nancy rétablit son équilibre, les lèvres frémissantes, les yeux humectés.

— Je… je ne pouvais pas prévoir que les choses iraient si loin, articula-t-elle en chevro-tant. Curtis m'avait simplement demandé de lui transmettre une proposition.

— Et surtout de te décarcasser pour qu'il l'accepte. Allez, déballe tout !

Il la projeta dans un fauteuil avec une telle force qu'elle s'y encastra les quatre fers en l'air. Prêt à lui infliger d'autres sévices, il se campa devant elle, les poings serrés.

Des larmes se mirent à dégouliner sur les joues de la jeune femme. Elles n'étaient pas dues à de la contrition, mais au sentiment d'impuissance qu'elle éprouvait, étant incapable, pour la première fois de sa vie, d'embobiner un homme par des mensonges ou par sa séduction.

Par bribes et morceaux, ses phrases entrecoupées de reniflements, elle dévoila peu à peu comment Curtis Jones l'avait poussée dans cette voie.

Elle l'avait connu quand elle était vendeuse à Philadelphie. Impressionnée par la stature et par la richesse du quinquagénaire, elle n'avait pas tardé à devenir sa maîtresse. Mais, comme il était marié, elle avait mené sa vie de son côté. Un jour, en vacances, elle avait rencontré Gordon. Ce dernier, fortement épris, lui avait offert le mariage. Il était sérieux, avait une situation stable. Elle avait accepté, sans pourtant rompre avec Jones, auquel elle avait tout raconté.

Installée à Middletown depuis la construction de la centrale, Nancy, qui s'ennuyait passablement, avait aussi noué une liaison avec Eddie Winding. Car, trois mois auparavant, Curtis Jones lui avait demandé de ménager une entrevue secrète à laquelle assisteraient Oliver et le journaliste.

La jeune femme soutint qu'elle ignorait tout de ce qui s'était dit à cette réunion mais que, par la suite, Jones s'était servi d'elle pour communiquer avec les deux hommes. Oui, elle était au courant qu'Oliver allait sous peu encaisser une très forte somme, et qu'il serait doté plus tard d'un meilleur emploi, à Philadelphie.

Tout ceci apportait du piment à l'existence jusque là plutôt monotone de Nancy. Ses deux amants et son mari se la disputaient. Elle n'avait pas conscience de commettre quelque chose de répréhensible.

Lors de ses rendez-vous à date fixe avec Jones, elle lui apportait sous pli fermé ce que Winding et Oliver voulaient lui faire savoir. Un journaliste français, qui leur avait rendu visite à tous deux, leur avait paru suspect en raison de sa curiosité et des questions insidieuses qu'il leur avait posées. Nancy avait signalé le fait au sénateur, puis elle n'en avait plus entendu parler.

De même, quand Coplan, après être allé au « Star », était venu au bungalow. Oliver, dont l'état nerveux empirait de jour en jour, avait immédiatement conçu des soupçons à son égard, et exigé que Nancy porte une lettre à Jones. Ce dernier lui avait alors recommandé d'être très gentille avec ce Français pour l'empêcher de revoir son mari en tête à tête.

— Mais je n'ai pas dû me forcer, je te le jure ! s'exclama-t-elle en conclusion, avec un visage pathétique.

Sur ce point-là, Coplan n'eut pas trop de mal à la croire. En revanche, il n'était pas certain que le rôle de Nancy avait été aussi anodin, aussi dénué de culpabilité, qu'elle le prétendait.

Néanmoins, son témoignage constituait une pièce maîtresse dans la mise en accusation de Curtis Jones, même si les arrière-plans de ce complot demeuraient encore obscurs.

— D'accord, opina-t-il. Provisoirement, je ne vais pas te faire coffrer, mais ne t'avise pas de quitter Middletown ou de contacter ton vieux salaud. Tu es d'ores et déjà sous surveillance.

Il fit demi-tour et se dirigea vers la porte.

*
* *

Non loin de là, dans une Chevrolet, Mac Cartney et un agent du F.B.I. retirèrent de leur conduit auditif le petit écouteur qui s'y trouvait logé. Le premier arrêta aussi le magnétophone à cassette par lequel, grâce à une prise insérée dans le récepteur fourni par Coplan, le dialogue du 312 Highland Street avait été enregistré.

— Qu'est-ce que vous dites de ça ? s'informa Mac Cartney, satisfait, en regardant l'agent fédéral.

Ce dernier, un colosse d'une quarantaine d'années au cou de taureau et au mufle soucieux, demeura méditatif. Avec un cure-dent, il entreprit de nettoyer les interstices entre ses incisives supérieures.

— Intéressant, convint-il enfin, juste avant de cracher un petit détritus par la fenêtre de la portière. Coquin de Français. Il ne s'est pas trop mal démerdé.

— Nous devons avoir la peau de Jones, Mike, affirma le détective privé avec détermination.

— Ouais, fit son interlocuteur. Mais aucun témoignage ne vaut une preuve. Le sénateur aura beau jeu de récuser les allégations de la fille. Si votre Palestinien le couvre, de quoi pourrons-nous l'inculper ? D'adultère ?

Mac Cartney se tint coi.

Il devait reconnaître que l'opération avait été montée avec une grande habileté. Aucun écrit, aucun contact direct entre les protagonistes ; comme intermédiaire, une femme avec laquelle ils couchaient tous les trois, ce qui légitimait, en quelque sorte, les relations qu'ils avaient avec elle. Nancy et Winding, ignorant l'existence d'un tueur professionnel renseigné par Jones, ne pouvaient être taxés de complicité dans les crimes.

Enfin, quels avaient pu être les mobiles du sénateur, en provoquant la paralysie d'une centrale électrique de son propre Etat ?

*
* *

En remontant dans sa Mustang pour se rendre à l'Agence Winwood, Coplan ressassait les mêmes pensées. Apparemment, la position du sénateur était invulnérable si Amin Cheito refusait de le mettre en cause. Nancy, qui prétendait ne pas savoir quel pacte avait été conclu entre Jones, son mari et Eddie Winding, ne pouvait être utilisée pour démontrer qu'il y avait eu une entente criminelle.

Et pourtant, ce merveilleux système devait

comporter une faille, inévitablement. Quelle manœuvre, ou quel piège, serait susceptible de la faire apparaître ?

Une demi-heure plus tard, dans le bureau de Winwood et en présence de l'agent du F.B.I., ce fut évidemment ce problème qui fut abordé.

— Il y a un point positif dans les déclarations de Cheito, rappela le policier fédéral. Il reconnaît que l'installation a été délibérément « accidentée » pour nuire à l'économie des Etats-Unis, et que son organisation médite d'autres attentats du même genre. Pour nous, c'est déjà énorme, car cela va couper l'herbe sous le pied des écologistes qui accusent l'insécurité technique des centrales nucléaires.

— Oui, convint Winwood. Ceci représente un gros atout pour la compagnie et pour la Commission de la Réglementation nucléaire, face à l'opinion publique. Mais, dans le même temps, l'inquiétude va renaître de plus belle, un peu partout, lorsqu'on apprendra que des terroristes s'attaquent aux piles atomiques.

Coplan approuva :

— C'est certain. Si vous n'épinglez pas les véritables auteurs de cette machination, la peur va s'étendre au lieu de régresser, même sur le plan international. J'ai été avisé qu'en France des sabotages analogues ont été découverts. Un autre argument pour ceux qui cherchent à freiner la construction de nouvelles centrales.

L'homme du F.B.I. grommela :

— A vous entendre tous, on a l'impression que l'enquête aboutit à un cul-de-sac. Mais elle ne fait que commencer. Vous pensez bien que,

dès à présent, Curtis Jones ne pourra plus faire
un pas, prononcer une parole, signer un chèque
ou voir quelqu'un sans que nous le sachions. Et
nous allons drôlement fouiller son passé, je vous
le garantis.

Mac Cartney, enclin au pessimisme, haussa
les épaules.

— Il va rompre tous les contacts, ça ne fait
pas un pli. Même Nancy Gordon, il la laissera
tomber dès qu'il saura que Cheito est sous les
verrous. Or Jones lui-même n'est qu'un maillon,
mettons-nous ça bien dans la tête.

Dans le silence qui suivit, la voix de Coplan
s'éleva.

— Le point faible de la combine, c'est Winding. Nous savons tous qu'il est une ordure. Je
suis persuadé qu'en lui offrant un paquet de
dollars encore plus gros que celui qu'il a dû
recevoir de Jones, et en lui promettant que des
poursuites ne seront pas intentées contre lui, il
tournera sa veste aussi sec : il crachera tout ce
qu'il sait. Mais qui sera prêt à fournir le fric ?

Winwood le regarda fixement, puis il se gratta
la tête.

— La compagnie, je présume, répondit-il.

L'agent fédéral, étant censé n'avoir rien
entendu, fit sauter une cigarette hors de son
paquet de Malboro.

*
* *

Trois jours plus tard, Coplan rendit une
dernière visite à Laura King.

— Les meilleures choses ont une fin, hélas,

déclara-t-il à son amie. Je prends l'avion pour New York demain matin pour rentrer en Europe.

Laura soupira, lui dédia un regard de ses beaux yeux bleus.

— Ça devait arriver un jour ou l'autre, dit-elle avec fatalisme. Tu ne crois pas que tu reviendras à Harrisburg ?

— Il y a peu de chances. En ce qui concerne le travail que m'avait confié ma firme, tout est réglé.

Il s'approcha d'elle, la prit dans ses bras, effleura son front d'un baiser fraternel.

— Tu m'as grandement facilité la besogne, confia-t-il à mi-voix. Sans toi, mon séjour ici m'aurait paru bien déplaisant.

Elle fit une moue, admit :

— Les pompes, ça ne doit pas être très rigolo. Mais, confidence pour confidence, j'ai passé des heures bien agréables en ta compagnie. Parfois, j'en arrivais à m'imaginer que nous étions mariés.

— Parce que tu pouvais m'engueuler quand j'étais en retard pour le dîner ?

— Grand idiot, dit-elle sérieusement. Je crois que je vais me décider à faire ton portrait. Ce sera toujours un souvenir.

— J'aurais aimé le voir. Pourquoi ne l'as-tu pas commencé plus tôt ?

Laura se détacha de lui, avança dans le living en gardant les yeux baissés.

— Je ne sais pas. Malgré tout, tu es resté pour moi un type insaisissable. Un ange ou un salaud ? Je continue à me le demander.

Il réprima un sourire et suggéra :
— Un homme, peut-être ?
Elle se retourna, le considéra longuement.
— Oui, fit-elle. Ça résume tout.
Puis elle revint se jeter dans ses bras et l'embrassa sur la bouche, éperdument.

* *

Coplan s'arrêta devant l'entrée de l'immeuble situé au 61 rue de Courcelles, appuya sur le bouton correspondant au nom de « Lemaire ».
— Delcourt, annonça-t-il dans le parlophone.
L'ouverture électrique se déclencha. Il monta au quatrième, se présenta devant la porte 412. La porte s'ouvrit aussitôt.
— Entrez, invita Deprivat, la mine affable.
Ils se retrouvèrent peu après devant une bouteille de cognac, confortablement assis dans de moelleux fauteuils.
— Votre télex d'avant-hier m'a mis sur des charbons ardents, avoua Deprivat. Ainsi, vous avez pu tirer l'affaire au clair ?
— Dans les grandes lignes, oui. Le reste est du domaine du F.B.I. Malheureusement, vos craintes étaient fondées, à propos de Lefront. Son corps, percé de balles, lesté d'une pierre, a été jeté dans l'Hudson.
Assombri, l'envoyé de l'Agence pour l'Energie Nucléaire murmura :
— Je n'avais déjà plus beaucoup d'espoir quand vous êtes parti, il y a quinze jours. Cette confirmation me navre, évidemment. Savez-vous ce qui lui a valu cette fin atroce ?

— Oui. Il s'était engagé sur un terrain truffé de mines, et il a eu le malheur de commettre une erreur de tactique : pour amener un ingénieur de la centrale à reconnaître sa culpabilité, il lui a dévoilé que son épouse était la maîtresse de Curtis Jones, un ancien secrétaire du Syndicat des Grandes Sœurs, les sept plus grandes compagnies pétrolières du monde.

— Non ? lâcha Deprivat, catastrophé. Ce n'est pas possible !

— Si, c'est même prouvé. En scrutant les antécédents du personnage, lequel était devenu sénateur par la suite, Lefront avait mis le doigt sur ce point capital. Aussi, depuis son élimination, Jones avait-il pris des précautions pour empêcher qu'on surveille désormais les allées et venues de sa maîtresse.

— Mais l'ingénieur et ce Jones étaient-ils de mèche ?

— Absolument. De plus, Curtis Jones avait partie liée avec un Palestinien dépêché par les Emirats du Golfe Persique. Le complot résidait en ceci : la puissance financière et politique des producteurs de pétrole et des grandes compagnies dépend de la suprématie qu'ils exercent sur l'économie occidentale. Pour maintenir cette puissance, il faut retarder le développement d'autres sources d'énergie, et surtout de la principale, l'énergie nucléaire. En pratique, le but recherché était donc de paralyser des centrales, de propager la peur de l'atome et de susciter de vastes mouvements de foules opposés à leur construction. Voilà le fond de l'affaire.

Deprivat, consterné, se passa une main sur le front.

— Grands dieux ! Comment avez-vous pu faire apparaître tout cela ?

Coplan, étirant ses jambes, le lui expliqua :

— Tout a volé en éclat quand un journaliste du nom de Winding s'est mis à table, bien qu'il eût participé à l'opération. Stimulé par une prime énorme, il a enfoncé Jones jusqu'à la gauche. Il avait entamé dans un journal local une campagne poursuivant un double but : d'une part, jeter la suspicion sur la compétence du personnel de toutes les centrales américaines de ce type ; d'autre part, ménager une porte de sortie à l'ingénieur, soi-disant écœuré par ces calomnies.

— Diabolique ! s'exclama Deprivat, stupéfait. Je me doutais bien qu'il y avait eu un coup fourré, mais pas de pareilles dimensions !

— Attendez, ce n'est pas tout. Winding a accusé Jones d'avoir fait d'une pierre deux coups en éliminant le mari de sa maîtresse : il supprimait à la fois un rival et l'homme qui aurait pu le compromettre, avec la complicité de l'épouse qui aurait touché 50 000 dollars. Nancy Gordon a rétorqué au journaliste qu'il était au courant, d'avance, de ce qui allait se produire, qu'il avait aussi eu droit à 50 000 dollars pour sa campagne.

— Un sacré déballage. Curtis Jones a-t-il été arrêté ?

— Non. Il s'est fait sauter la cervelle avant qu'on vienne le cueillir. Car je dois vous dire qu'entre-temps une expertise a démontré que les balles extraites du corps de Gordon provenaient du pistolet trouvé en possession du Palestinien, ce qui prouvait la collusion de l'Arabe et du sénateur. Ce fantastique scandale a déclenché une série d'autres investigations du F.B.I. et je crois que de très hautes personnalités vont être impliquées dans les jours qui viennent.

Estomaqué par ces confidences, Deprivat éprouva le besoin de les digérer. Il lampa d'un trait son verre de cognac, poussa vers son hôte un coffret de cigares. Pour une fois, Francis se décida à fumer un havane. Tandis qu'ils humaient tous deux l'arôme de leur Davidoff, les cinq coups d'une pendule résonnèrent dans le silence.

Puis Deprivat, la bouche plissée, articula :

— Il n'en reste pas moins que ce faux accident de Three Mile Island aura encore des retombées néfastes pendant longtemps. Voyez, j'en ai un exemple concret sous la main... (il exhiba une coupure de journal prélevée dans son portefeuille). La Chine vient d'annuler la commande, à la France, de deux centrales nucléaires. Motif officiel invoqué : « le projet a été mis de côté en raison de l'accident survenue en Pennsylvanie » (1)... Et cela bien que, sur le terrain, les travaux étaient déjà engagés !

— Un autre coup dur, émit Coplan, rembruni. Mais je me demande si ceux qui sont le

_____

(1) Authentique. Déclaration faite le 16 juillet 79 par le vice-ministre chinois du Commerce extérieur à une délégation de dix-huit industriels français accompagnés par le ministre de l'Industrie.

plus à plaindre ne sont pas ces pauvres écologistes.

— Pourquoi ?

— Parce que, si leurs efforts aboutissent, ils auront apporté bénévolement leur concours aux pétroliers et au bloc communiste ; ils seront les premiers à pâtir de la crise phénoménale qui frappera les industries de leurs pays, au profit des intérêts qu'ils prétendent combattre.

— Aucun doute : ils seraient les plus gros dindons de la farce. Cela dit, M. Coplan, seriez-vous disposé à travailler désormais à temps plein pour l'A.E.N. ? Je pourrais vous offrir des émoluements... princiers.

— Je crains que non. La perspective de naviguer entre les requins et les loups ne me dit rien qui vaille. Et s'il m'arrive d'accomplir d'étranges besognes, j'aime autant que ce soit pour mon pays.

Deprivat fit peser sur lui un regard dans lequel se mêlaient de la sympathie et du regret.

— Je sais que vous n'êtes pas de ceux dont on force la décision, prononça-t-il. Je n'insisterai donc pas.

*
* *

— Ah ! Salut, Coplan ! Vous tombez à pic, dit le Vieux sans relever la tête, alors qu'il consultait une carte. Nous sommes en plein grabuge du côté de l'Afrique.

La vie reprenait son cours.

Achevé d'imprimer en juin 1980
sur les presses de l'Imprimerie Bussière
à Saint-Amand (Cher)

N° d'impression : 1293.
Dépôt légal : 1er trimestre 1980.
Imprimé en France

PUBLICATION MENSUELLE